RALF H.

TANZSTUNDE SÜSS-SAUER

Erstausgabe

Roman Nr. 59

© 1991, 2000 by Ralf H.

Herstellung: Libri Books on Demand
ISBN 3-8311-0477-8

Es gibt Tage, da steht man vor seinem Spiegel und fragt sich, warum man den Ärger, genannt Leben noch auf sich nimmt.

Solche Tage kennt jeder.

Ab und zu.

Bedenklich wird die Sache erst, wenn einer dieser Tage auf den anderen folgt, wenn aus einzelnen Tagen Wochen werden, wenn sich diese Wochen wie Perlen an einer Schnur aneinanderreihen.

Ingrid, eine unauffällige Frau, wagte den Blick in den Spiegel kaum noch.

Stand sie vor dem riesigen Spiegel im Toilettenraum ihres Betriebes, konnte sie den anklagenden Blick aus den braunen Augen ihres blonden, schmalgesichtigen, bebrillten Spiegelbilds nicht standhalten.

„Heh, Ingrid, komm mal her", forderte eine Kollegin, kaum daß die Angesprochene wieder das Großraumbüro betreten hatte.

„Was ist denn los?"

„Sag mal, hascht du Luscht, heut oabend mitzukommen?" Die vollschlanke, männlich wirkende Frau, die stets mindestens ein Kleidungsstück in einem ausgewaschenen Grünton trug, lehnte sich in ihrem grüngepolsterten Stuhl zurück.

„Wohin denn?"

Gegenüber der Frau in Grün saß eine andere Frau, deren grobes Gesicht erst auf den zweiten oder dritten Blick sympathisch wirkte. Ohne gefragt worden zu sein, mischte sie sich in das Gespräch ein: „Wir wollen ins Kino gehen."

„Kino?" wiederholte Ingrid fast tonlos. „Nett, daß ihr fragt. Aber ich bin wirklich nicht in der Stimmung dafür."

„Wann bist du das jemals?" fragte die kleine Pummelige mit dem sympathischen Gesicht.

„Ich weiß", gestand Ingrid. Ihrem Tonfall war anzumerken, daß sie mit ihrer Stimmung selbst nicht zufrieden war. Aber Stimmungen kann ein Mensch ebensowenig abschütteln, wie ein Hund seine Flöhe.

„Also wirklich, Ingrid", protestierte die Frau in Grün und schlug dabei mit der Faust auf den Tisch, „hör endlich auf, dich selbst zu bemitleiden."

„Ich bemitleide mich nicht selbst."

„Aber natürlich tuscht du des", beharrte die Kollegin, die die Meinung von anderen nie gelten lassen konnte.

Ingrid zuckte mit den Schulter. Sie wußte aus leidvoller Erfahrung, daß man mit dieser Frau nicht diskutieren konnte. „Wenn du meinst. Entschuldige mich, ich habe zu arbeiten."

Sie verließ den Erker, der durch einige Regale und blaugrüne Stellwände gebildet wurde. Gleich hinter einer der Stellwände, vor dem nächsten Fenster, stand Ingrids Schreibtisch. In ihrem Rücken ragte eine mit Rauhputz verkleidete Wand empor, vor ihr saß an einem Schreibtisch, Breitseite an Breitseite mit ihrem, ein junger Mann, der sie besorgt anschaute.

„Mohl erli, Ingrid, die Deerns ham Rech. Dat geit so nich widda. Du mut wat."

„Bitte?"

Der junge Mann lächelte, dabei röteten sich seine Wangen, wie immer, wenn er etwas sagen wollte, das ihm persönlich wichtig erschien. „Du mußt dich zusammenreißen. Dein Mann ist jetzt ein Jahr tot."

„Zwölf Monate, ja." Ingrid nahm die Brille ab. Mit dem Daumen und dem Zeigefinger der rechten Hand rieb sie sich den Nasenrücken. Als sie die Brille wieder aufsetzte, starrte sie aus dem bräunlich getönten Fester. Ihr Blick verlor sich in der Ferne.

„Ich weiß, dat machst du nich. Ober dat Leven geit widda. Wie lang willst du noch einem Toten nachtrauern? Du schasst moll widda und Menschen goan. Wenn du dich in deine Wohnung einschließt, die mich immer an ein Mausoleum oder Museum erinnert, so ward dat nich bedda. Wat mutt dat mutt."

„Leif, du bist wirklich ein netter Junge, aber kannst du nicht verstehen, daß ich nicht anders kann?"

„Du willst net andersch", rief die Frau in Grün über die Stellwand.

„Verdammt noch eins, könnt ihr euren Privattratsch nicht auf später verschieben. Ich muß hier heute noch was fertig machen", kam es von einer Frau, die einige Meter hinter Leif saß.

„Ja ja ja." Leif verdrehte die Augen.

Ingrid warf einen Blick auf ihren Bildschirm, aber die Buchstaben und Zahlen schienen zu tanzen. Immer wieder meinte sie den Namen Karl auf ihrem Bildschirm lesen zu können. Karl, Karl, Karl.

Dauernd mußte sie an ihn denken. Manchmal meinte sie, ihn unten im Hof sehen zu können, wie damals, als er sie von Zeit zu Zeit von der Arbeit abholen kam.

Wie sehr hatte sie sich gefreut, wenn der rote Ford Fiesta auf den Hof fuhr.

Ihr Herz schlug noch jetzt höher, bei dem bloßen Gedanken an die schönen Tage des gemeinsamen Glücks.

Ohne Karl war das Leben ohne Bedeutung. Mit jedem Tag sah sie weniger Sinn darin, morgens aufzustehen, nur um einer belanglosen, eigentlich unnützen Arbeit nachzugehen.

Was war eigentlich noch nützlich? Was machte noch einen Sinn?

Gab es den Sinn des Wortes Sinn überhaupt?

Um Viertel nach eins ertönte ein lautes Klingeln, genau wie früher auf dem Schulhof. Hier bedeutete es allerdings nicht das gefürchtete Pausenende sondern den Beginn des Wochenendes.

Während sich alle anderen freuten, endlich ihren eigenen Interessen nachgehen zu können, begann für Ingrid wieder die endlose Leere, das Martyrium des Wochenendes, die Zeit der Erinnerung, das Meer der Tränen.

Rosalind schnallte sich Rollschuhe, deren schwarze Gummirollen mit Filz überzogen waren, an die Füße.

„Was gibt das denn?" wollte ein junger, schlecht rasierter, ungekämmter Mann wissen, der neben ihr stand. Durch seine altmodischen und abgetragenen Klamotten machte er jedem sofort deutlich, daß er nichts von den Konventionen der Gesellschaft hielt.

„Das ist so eine Idee, die ich schon lang' mal ausprobieren wollte." Da das Atelier im Moment fast leergeräumt war, war die Gelegenheit günstig. Sie lächelte breit und entblößte dabei ein Gebiß, das in jeder Zahnpastawerbung Verwendung hätte finden können.

Mühsam erhob sie sich von ihrem Stuhl, dann trat sie in zwei flache, mit flüssiger Farbe gefüllte Schalen. Direkt daneben standen mehrere Schalen mit anderen Farben.

Nachdem sie der Meinung war, daß die mit Filz überzogenen Räder genügend rosa und grüne Flüssigkeit aufgesogen hatten, trat sie auf die riesige Papierbahn, die mit Klebeband auf dem Boden festgemacht worden war.

„Stellen Sie bitte die Musik an?"

Der Mann betätigte die Play-Taste an einem Kassettenrecorder, der auch schon bessere Tage gesehen hatte. Wie die Wände und der Fußboden war er mit Farbklecksen übersät.

Kaum setzte die Musik des schwarzen Popsängers Prince ein, rollte die Frau mit den lilagefärbten Haaren langsam über das Papier, auf dem die Räder der Rollschuhe deutliche Spuren hinterließen.

Bereits nach wenigen Dezimetern verlor die dünne Künstlerin das Gleichgewicht und fand sich nach heftigen Ruderbewegungen ihrer Arme, auf dem Papier sitzend wieder. Sie ließ sich davon jedoch nicht beirren, rappelte sich auf und setzte ihre Runden fort.

Nach einigen Minuten tauchte sie die Rollen in zwei andere Farbtröge.

Eine halbe Stunde später ließ sie sich auf den Stuhl sinken.

„Die Idee ist gut. Aber ich bezweifle, daß Sie einen Käufer dafür finden werden."

„Nur keine Sorge. Für alles findet sich ein Käufer. Alles was man braucht, ist ein Titel, der rein gar nichts aussagt. Es gibt immer wie-

der einige Pseudokunstkenner, die alles und jeden in ein Bild hinein-
interpretieren, wenn es nur den richtigen Titel hat. Je abwegiger ihre
Phantasie ist, desto besser verkauft sich das Bild."

„Das glaub ich einfach nicht."

„Ich weiß, auf der Kunstakademie sagt man euch solche Sachen
nicht. Irgendwo hab' ich den Beweis." Sie stellte die Rollschuhe beiseite und schlüpfte in unförmige Filzpantoffeln, die in einem seltsa-
men Kontrast zu ihrem grellgeschminkten Gesicht standen. Mit
einigen weitausladenden Schritten durchquerte sie den Raum.

„Wo hab ich das doch gleich..." Sie begann in einem wilden
Durcheinander zu wühlen, das zum größten Teil aus Papier bestand.
Die Vermutung lag nahe, daß irgendwo unter all diesen Papieren ein
Schreibtisch verborgen war.

„Ah ja, hier." Stolz zog sie ein Polaroidfoto hervor, an dem mit
einer Büroklammer ein Zeitungsausschnitt befestigt war. Sie reichte
es ihrem Besucher.

„Was sehen Sie?"

„Die Fotografie eines Gemäldes."

„Bravo! Was stellt das Gemälde dar?"

„Für mich sieht das aus wie ein dicker rosa Strich auf weißem
Grund."

„Nochmals Bravo. Mehr soll es auch nicht sein. Jetzt hören Sie
sich bitte an, was ein Kunstkritiker nach einer Ausstellung über das
Bild schrieb:

'Rosa Linda hat sich wieder einmal selbst übertroffen! In einer
Aufsehen erregenden, einfachen Malweise hat sie die Kunst auf das
Wesentlich zurückgeführt.

Beim Betrachten des Bildes spürt man die Begeisterung für das
Thema.

Die Auswahl der Farben bestätigt ein um das andere Mal, daß es
möglich ist, auch mit einfachsten Mitteln Assoziationen zu wecken.

Der Künstlerin ist es gelungen, das Verhältnis von Mann und
Frau (die gewählte Farbe zeigt uns dies eindeutig), auf das zu redu-
zieren, das die Geschlechter trennt und doch so oft verbindet.

Der weiche Pinselstrich, der im dicken Farbauftrag deutlich
erkennbar ist, steht in direktem Widerspruch zur harten Grenze zwischen den einzelnen Farbbereichen.

Obwohl die Farben miteinander harmonieren, gibt es doch nichts,
das sie verbindet. Sie befinden sich auf dem selben Grund, können
sich jedoch nie miteinander vermischen.'

Und so weiter..."

Rosalind, die sich als Künstlerin Rosa Linda nannte, sah ihren Eleven fragend an.

„Wissen Sie jetzt, was ich meine?"

„Ehrlich gesagt: nein."

„Es ist doch ganz einfach: Der Kunstkritiker, ein Mann übrigens, hat das was er auf dem Bild gesehen hat, nicht so hinnehmen können, wie ich es getan habe, als ich das Bild geschaffen habe: als eine rosa Säule auf weißem Grund. Darum hat er sich selbst Assoziationen geschaffen, die für ihn schließlich zum - gar nicht vorhandenen - Bildinhalt geworden sind. Daß ihn der rosa Balken an einen Penis erinnerte, war sicher kein Zufall, von mir aber nicht beabsichtigt."

„Aha. Sie meinen also, der Bildinhalt in der modernen Kunst, liegt einzig und allein im Auge des Betrachters."

„Genau."

„Aber warum machen wir uns dann überhaupt die Mühe, für unsere Bilder einen Titel zu finden?"

„Weil das oftmals der einzig verbliebene kreative Vorgang ist. Mein neues Opus zum Beispiel: Farbspuren, die mit Rollschuhen zu Papier gebracht wurden. Eigentlich eine Kinderei. Aber nenn' ich das Bild zum Beispiel ‚Synkope 197' geb' ich den Leuten etwas zum Nachdenken."

Versonnen betrachtete der Mann das Bild, bei dessen Entstehung er Zeuge gewesen war.

„An dem was Sie sagen, ist viel Wahres. Aber die ganze Wahrheit ist das sicher nicht. Letzte Woche habe ich einen Bummel durch verschiedene Galerien gemacht. Dabei sind mit auch einige Ihrer Bilder aufgefallen. Mal ganz abgesehen vom Sinn, den ein Bild hat... Woher nehmen Sie die Ideen? Bei gegenständlichen Bildern ist es ja nicht so schwer. Aber bei abstrakter Kunst..."

Rosalinds karminrot geschminkter Mund öffnete sich zu einem breiten Lächeln, das die perlweißen Zähne freilegte.

„Bei abstrakter Kunst schmiert man einfach Farbe auf die Leinwand und läßt sich selbst überraschen." Etwas ernster: „Sie haben den Finger auf den wunden Punkt eines jeden Künstlers gelegt. Tatsache ist, daß jeder bei einer anderen Gelegenheit vom kreativen Funken gestreift wird. Zu meiner eigenen Schande muß ich gestehen, daß ich früher sogar Drogen genommen habe, um Ideen zu bekommen, die vor mir noch niemand gehabt hat. Ich habe Glück gehabt, bin nicht abhängig geworden. Andere hatten nicht soviel Glück..."

„Und heute?"

„Von Drogen will ich nichts mehr wissen. Meine Ideen kommen mir bei anderen Gelegenheiten." Sie sich strich sich mit der Zuge über die Lippen. „Zum Beispiel, wenn ich von einem dicken steifen Schwanz aufgespießt werde."

Der Mann strich sich nervös eine Locke aus dem Gesicht.

Humorvoll fuhr Rosalind fort: „Aber Sie sind ja nicht zum Ficken da. Wo haben Sie Ihre Mappe?"

Die Frau meinte ein leises Aufatmen zu hören, als der Mann seine gegen die Wand gelehnte Kunstmappe holte.

„Arbeit! Arbeit Nichts als Arbeit!" Tristan schlug mit der Faust auf den Tisch. „Und dabei komm ich auf keinen grünen Zweig."

Er warf sich in seinen Bürostuhl zurück und knirschte mit den Zähnen.

Gründe gab es genug. Seit er den Betrieb von seinem Vater übernommen hatte, lief es nicht mehr so recht. Einzelne Kunden, ausgerechnet jene, von denen seine Existenz abhing, hatten ihn so unter Druck gesetzt, daß er mit den Preisen für die von ihm vertriebenen Produkte bis dicht an den Einkaufspreis herangegangen war.

Dadurch sank die Gewinnspanne bedrohlich. Manchmal konnte Tristan sich nicht einmal mehr die Frage beantworten, warum er den Betrieb nicht auflöste.

Meistens kannte er wenigstens die Antwort auf diese Frage: Das Geschäft war sein Leben. Sofort nach dem Aufstehen begann sein Arbeitstag. War seine Arbeit beendet fiel er meist ohne Übergang in einen unruhigen Schlaf, der nur selten mehr als vier Stunden dauerte.

Urlaub?

Seit Jahren nicht mehr.

Entspannung?

Was ist das?

Liebe?

Wozu?

Freunde?

Wer wollte schon mit einem Mann, der mit seinem Geschäft verheiratet war, befreundet sein?

Sicher, da gab es die Menschen, mit denen er alltäglich zu tun hatte; es gab auch die diversen gesellschaftlichen Verpflichtungen, denen man sich nicht immer entziehen konnte. Aber genügte das?

Genügten ein PS-starkes Auto, das kleine Haus am Stadtrand, das Ferienhaus am Starnberger See, das er seit Jahren nicht mehr gesehen hatte?

Genügten die Dienstboten, die er kaum zu Gesicht bekam, die wie die Heinzelmännchen dafür sorgten, daß sein Heim in Schuß gehalten wurde, obwohl er genauso gut auf einer Couch im Büro hätte schlafen können?

Genügte das alles?
Gab es nicht noch mehr?

Ein munteres Liedchen auf den Lippen ging er seiner Beschäftigung nach. Er setzte die Säge an und begann dann den Kopf vom Rumpf zu trennen.

Das Feuer in der Kohlezentralheizung erfüllte den Raum mit wohliger Wärme.

„Ach ja", seufzte Hermann und strich sich dabei über sein schmales Oberlippenbärtchen. Isabell war schon eine patente Frau gewesen. Voller Liebe und Phantasie, mit einem angenehmen Äußeren und einem sympathischen Charakter.

Leider war ihr kleines Vermögen bereits aufgebraucht, so daß sie ihren Sinn erfüllt hatte.

Gefühle?

Wozu?

Wie immer war es nicht ganz einfach, die Halswirbel durchzutrennen, aber mit etwas Kraft war es doch zu schaffen.

Hermann schenkte dem nicht reizlosen Gesicht einen letzten Blick, bevor er den Kopf in die Flammen warf.

Isabell hatte ihm ein angenehmes Leben ermöglicht und er würde sie dafür in guter Erinnerung behalten. Aber jetzt brauchte er Geld, das sie ihm nicht mehr geben konnte.

Da er den Gedanken haßte, eine Frau könnten nach ihm einen anderen Liebhaber gehören, blieb ihm immer nur dieser Weg für die Trennung.

Für Hermann sprach, daß er das auf die denkbar angenehmste Weise tat. Zum Beispiel hatte er Isabell bei einem üppigen Abendessen ein starkes Schlafmittel verabreicht. Seinen Höhepunkt bei dem anschließenden und letzten Schäferstündchen hatte sie bedauerlicherweise kaum noch wahrgenommen.

Nach einer halben Stunde Entspannung hatte er begonnen, das Feuer in der Zentralheizung zu schüren.

Isabell war ledig, ohne Verwandtschaft und ohne Freunde, die sie vermissen würden. Genau wie Anita, Wibke, Vivien, Marianne, Hanne und Hella.

Während er das reichte Bein abtrennte, begann er, sich eine Strategie für die nächste Bekanntschaft zurechtzulegen.

„Deine Sahnetörtchen sind wie immer hervorragend."

„Danke."

„Wenn ich nur genug von Ihnen bekommen könnte. Eigentlich sollte ich ja keine mehr essen. Warum muß du so gut backen?"

„Es liegt mir im Blut, meine liebste Sonja."

„Weißt du, mein Arzt hat mit die ganzen schönen Sachen verboten. Mein Cholesterinspiegel sei zu hoch. Außerdem hätte ich Übergewicht."

„Du bist doch sehr viel schlanker als ich."

„Er meint, 120 Kilo seien zuviel."

„Na und, ich hab' 130, Adelheid."

„Das hab ich ihm auch gesagt. Aber..." Sie schob sich ein Sahnetörtchen in den Mund und begann, es genüßlich zu vertilgen. „Aber du weißt ja, wie die Ärzte sind. Weniger essen soll ich. Diät halten. Und Sport treiben."

„Diese Ärzte."

„Eben. Ich und Sport! Ich kann mir doch keinen Aerobic-Dress anziehen, ohne daß die Sportbekleidungsbranche sofort boomt."

„Ha ha. Willst du noch eines?"

„Oh ja."

„Und was für Sport stellt er sich vor?"

„Schwimmen oder Tanzen. Wozu soll ich schwimmen? Wenn ich ins Wasser steig, geh ich eh nicht unter."

„Tanzen. Hmm. Hört sich eigentlich nicht schlecht an. Als ich noch jung war, habe ich gern getanzt. Allerdings war ich ein bißchen schlanker."

„Ja? Das wußte ich gar nicht."

„Doch doch. Aber nachdem Harald mich dann verlassen hat, hab' ich entdeckt, daß mir das Kochen und Backen wesentlich mehr Spaß bereitet."

„Wie wär's, wenn wir beide gemeinsam einen Tanzkurs machen würden?"

In der Nähe des Zentralbahnhofes befand sich ein großes Gebäude, in dem allerhand Gewerbebetriebe untergebracht waren: ein Möbelhaus, ein Kino, ein Fotohändler, ein Restaurant, das weit über die Stadtgrenzen hinaus bekannt war und... eine Tanzschule.

Der Zugang war nur durch eine Seitentür des Gebäudes möglich, die von der Straße nicht einzusehen war. Vor allem männliche Tanzschüler wurden dadurch bei ihrem ersten Besuch unangenehm an den - angeblich - einzigen Besuch in einem öffentlichen Haus (das für die allgemeine Öffentlichkeit nicht zugänglich ist) erinnert. Die Tanzschule erreichte man über eine Treppe. Da nur eine Tür vom Treppenhaus abgeht, konnte man sich nicht mehr verirren, wenn man erst einmal durch die Tür geschritten war. Gleich hinter der im ersten Stock anzutreffenden verglasten Eingangstür befand sich der Kassenbereich, etwas weiter hinten eine Bar. Von dort gingen zwei Gänge ab, die in insgesamt vier Säle führten.

Neben dem kleinsten der Säle, er trug die Nummer 4, führte eine Tür in ein kleines Büro, in dem man sich kaum regen konnte.

Die meisten Verwaltungstätigkeiten wurden daher im Barbereich abgewickelt, wo sich tagsüber meist nur die Angestellten der Tanzschule aufhielten.

Auf einer mit dunkelbraunem Leder gepolsterten Sitzbank saßen Torsten und sein Chef.

„Es sieht ganz gut aus, Torsten, mein Junge." Der Chef blätterte in Computerlisten, die auf dem einbeinigen Marmortisch lagen. „Wir haben wieder mal alle Kurse belegen können."

„Hervorragend."

„Und in den Grundkursen brauchen wir diesmal nicht mal Gastherren."

„Um so besser. Ich find es ätzend, wenn die Hälfte der Kursteilnehmer bereits jeden kleinen Witz kennt. Da kann keine Stimmung aufkommen."

„Ich kann auch nicht über jeden deiner Witze lachen."

„Sehr komisch, wirklich."

„Spaß beiseite. Deidra müßte gleich kommen. Während ich mit

ihr beschäftigt bin, setzt du dich bitte hin und teilst die Tanzlehrer und Assistenten ein."

„Mach ich."

„Arthur und Isadora kommen so in einer Stunde. Sie sollen den Paso doble üben. Sobald ich Zeit habe, schau ich mit das dann an. Ach übrigens: Andrea kommt nächste Woche nicht."

„So?" Ein unangenehmer Stich ging durch Torstens Herz. Warum hatte sie ihm das nicht selbst gesagt? Warum mußte er das wieder auf diese Weise erfahren?

„Schau nicht wie ein Pfingstochse. Sie hat nächste Woche ihre theoretischen Prüfungen."

„Ach."

„Ja. Wenn du die Zuteilung durch hast, legst du sie mir bitte vor. Vergiß nicht, die Sache eilt. Nächste Woche müssen wir der Druckerei die Termine für die nächste Saison geben."

„Sie können sich auf mich verlassen, Chef."

„Das weiß ich, mein Junge. Du hast mich bisher noch nie enttäuscht." Er gab Torsten einen freundlichen Klaps auf die Schulter.

Der erste Abend eines Tanzkurses ist für die Tanznovizen immer ein Abend voll neuer Erfahrungen und für die Tanzlehrer die Möglichkeit in noch nicht ausgemachte Fettnäpfchen zu treten. Die Nervosität ist daher auf beiden Seiten recht groß.

Nachdem man am Eingang die Verzehrkarte entgegengenommen hatte, auf der alle Getränke und Speisen notiert wurden, nahm man an einem der Marmortische Platz. Zunächst wunderten sich die Eleven über die kleine Karte, bis sie dahinter kamen, daß sie doch eigentlich recht praktisch war. Während des ganzen Aufenthalts mußte man nicht an Geld denken. An der Bar hätte es sicher ein großes Chaos gegeben, wenn die teilweise überforderten Angestellten auch noch an Geld hätten denken müssen. Da war es schon viel praktischer erst am Ausgang zu zahlen.

Daß die Tanzschule auch Vorteile hatte, kam den meisten Gästen kaum in den Sinn. Zum einen war nur eine Person für das Geld verantwortlich, zum anderen dachten viele Besucher nicht an ihre Zeche und konsumierten so viel mehr als sie vielleicht beabsichtigt hatten. Das gleiche Phänomen ist in sehr viel größerem Umfang übrigens bei Kreditkarten schon lange bekannt.

Ingrid hatte am Eingang ihre Kursgebühr entrichtet und eine Verzehrkarte erhalten. Nachdem sie ihren Mantel zur Garderobe gebracht hatte, kehrte sie zu den Tischen im Barbereich zurück und nahm Platz. Sie war früh eingetroffen und hatte daher Zeit, die nach ihr eintreffenden Personen zu studieren.

Generell konnte man die Eintreffenden in zwei Kategorien einteilen: in die, die sich festlich herausgeputzt hatten und in die, die sehr leger angezogen waren. Sie selbst trug eine grüne Flanellhose und einen schwarzen Blazer.

Jede der obengenannten Kategorien ließ sich in zwei weitere unterteilen: in die, die sehr viel jünger als Ingrid waren und die, die ihren vierzigsten Geburtstag bereits weit hinter sich gelassen hatten.

Die Jüngeren gehörten sicher zu einem anderen Kurs. Die anderen ließen Ingrid erschauern. War sie wirklich schon so alt? Gehörte sie tatsächlich bereits zu diesen Leuten?

Karl! Karl!

Ingrids Herz krampfte sich zusammen. Was hätte sie darum gegeben, wenn ihr Mann noch bei ihr gewesen wäre, wenn er noch ihre Hand halten, wenn er ihr noch Mut machen könnte!

Mit einem Mal hatte sie keine Lust mehr auf einen Tanzkurs. Einen Moment mußte sie gegen den Impuls ankämpfen, sofort aufzustehen und das Geld als verspielt aufzugeben.

Unter den jungen Gästen der Tanzschule kannten sich bereits etliche, was sich deutlich an ihrer Bereitschaft mit anderen zu sprechen zeigte.

Von den älteren setzten sich kaum zwei an den gleichen Tisch.

Karla, eine stämmige blonde Frau mit einem Kindergesicht, war von Torsten für den Grundkurs ausgewählt worden. Sie stand bei einem ihrer Kollegen an der Bar und ließ ihren Blick über die Gesichter gleiten, die sie noch nie gesehen hatte.

„Also begeistert bin ich bisher noch nicht. Da sind ja einige traurige Gestalten dabei. Ich fürchte, das wir ein Alptraumkurs", raunte sie ihrem viel jüngeren Kollegen Ajax zu.

„Das darfst du nicht so eng sehen. Vielleicht taucht doch noch ein scharfes Huhn auf." Wie immer, wenn er nervös war, schnippte er mit den Fingern.

„Da mach' dir mal keine Hoffnung, Ajax. Der Kurs ist im Durchschnitt 45 Jahre alt. Im Durchschnitt! Das letzte Mal, als ich so einen Kurs hatte, hätte ich fast gekündigt, so öde war das. Es war, als würde man in einer Gruft unterrichten."

„Das Gefühl hat man bei den jungen Dingern manchmal auch. Aber da ist ab und zu wenigstens was dabei, daß dem Auge nicht so weh tut. Kannst du dir die zwei Dicken im Mini-Rock vorstellen?"

„Du bist unmöglich. Tu mir einen Gefallen, Ajax: Nimm dich zusammen. Denk' dran: Die Leute schauen zu dir auf. Du bist der Assistent der Tanzlehrerin, also eine Respektsperson. Benimm dich entsprechend."

"Respektsperson! Wenn ich das schon höre!"

Torsten, der die Gebühren kassiert hatte, kam zu den beiden.

„Sind schon alle da?"

Er nickte.

„Na, dann wollen wir mal. Komm, Ajax."

„Wau wau", machte der junge Mann, der seinem Vater nie verziehen hatte, daß er in griechischer Geschichte promoviert hatte.

„Die Damen und Herren des Single-Grundkurses dürfen mir bitte folgen."

Ingrid gewann den Kampf gegen sich selbst. Sie ging mit den anderen in den Saal, der die Nummer vier trug. Wie alle Säle war auch dieser in warmen, dunklen Brauntönen gehalten. An den Dekken und den Wänden waren Spiegel, die einerseits den Tanzschülern erlaubte, ihre eigenen Bewegungen zu studieren, andererseits den Raum größer wirken ließ.

Während Ajax und Karla gleich hinter dem Steuerpult für die Musikanlage verschwanden, verteilten sich die Tanzschüler auf die Bänke, die das Tanzparkett umgaben.

Alle ließen ihre Blicke schweifen und es war zu erkennen, daß mehr als einer sein Gegenüber taxierte: War dieser Mensch so sympathisch, daß man mit ihm ein Tänzchen wagen oder sogar eine Beziehung eingehen konnte?

Karla musterte ihre Schüler, die alle älter waren als sie selbst. Auch wenn sie es nie offen ausgesprochen hätte, wußte sie doch ganz genau, daß mindestens die Hälfte der Tanzschüler nur da war, um einen Partner fürs Leben zu finden. Ob der tanzen konnte, war dabei doch völlig egal.

„So..." Mit einem schnurlosen Mikrofon in der Hand trat Karla auf das Parkett. Ihr wievielter Tanzkurs war das? Sie hatte längst den Überblick verloren. Um so mehr ärgerte es sie, daß sie noch immer nervös an die Sache heranging.

Und nervös hieß bei ihr: mit rotem Kopf.

„Zunächst einmal darf ich sie alle willkommen heißen und uns vorstellen. Das ist Ajax, mein Assistent. Er wird bei allen Vorführungen mein Tanzsportgerät sein." Ein oder zwei Kursteilnehmer brachten ein Lächeln zustande; Ajax schnippte leise mit den Finger. „Ich selber heiße Karla. Wir werden die nächsten Wochen miteinander verbringen, und ich werde versuchen ihren Beinen das Tanzen beizubringen, während Ajax die Knoten, die dabei entstehen, wieder entwirrt."

Eine Frau brachte ihre Lippen zu einem breiten Grinsen auseinander.

„Als erstes muß ich leider einige Formalien erledigen. Am Eingang haben Sie von unserem Torsten eine Verzehrkarte erhalten. Auf der tragen wir alles ein, was Sie bei uns zu sich nehmen, mit Ausnahme des Leitungswassers, das sie kostenlos aus dem Wasserhahn erhalten. Noch ist das umsonst - sofern Sie kein Glas brauchen."

Ein erstes zaghaftes Lachen war zu hören.

„Wir machen den Kurs immer in zwei Teilen. Und ich meine nicht, den Teil über der Hüfte und den Teil unter der Hüfte."

Ingrid schmunzelte.

„Nach etwa einer Stunde machen wir eine Pause, in der Sie sich etwas vom Streß erholen können und wir ihnen zeigen, was unsere tolle Bar alles leisten kann."

Ajax bewunderte seine Kollegin. Wie selbstsicher sie auftreten konnte! Bei Andrea lief das ganz anders ab. Sie erzählte zwar das gleiche mit fast denselben Worten und trotzdem war ihr deutlich anzumerken, daß sie nervös und angespannt war.

Der Beruf eines Tanzlehrers hat viel mit dem eines Schauspielers gemeinsam. Beide stehen im Rampenlicht. Der einzige Unterschied besteht darin, daß der Tanzlehrer sein Publikum beim Namen kennt, während der Schauspieler vor einer grauen Masse unbekannter Gesichter agieren muß.

Nachdem Karla ihr Sprüchlein aufgesagt hatte, legte sie das Mikrofon beiseite und begann ohne technische Unterstützung mit dem Unterricht.

„Ich weiß, das ist die erste Stunde und Sie kennen sich noch nicht. Damit wir uns gleich mal ein bißchen kennenlernen, stellen Sie sich bitte in zwei großen Kreisen auf, die Frauen innen, die Männer außen."

Nachdem das getan war, fuhr sie fort: „Schauen Sie jetzt bitte alle in Tanzrichtung, das heißt: gegen den Uhrzeigersinn. Wir machen jetzt so was wie einen Beschnupperungstanz, einen Maine Mixer. Keine Sorge, es bleibt anständig."

„Schade", rief einer der Tanzschüler. Weder Karla noch Ajax konnten sagen, wer es gewesen war.

Die Tanzlehrerin ging mit Ajax in die Mitte, nahm ihn an ihre rechte Hand und begann langsam zu gehen. „Wir gehen jetzt einfach im Kreis."

„Mit welchen Fuß fangen wir an?" fragte ein Mann, dessen Augen humorvoll blitzten.

„Das ist völlig egal. In diesem Fall."

„Darf es auch der eigene sein?"

Ein Lachen ging durch den Saal. Von diesem Augenblick an war das Eis gebrochen, und von Karlas Seele ein schweres Gewicht genommen.

Nachdem das einfache Gehen geübt worden war, mußten sich die Paare trennen, rückwärts zur Wand bzw. zur Mitte marschieren, mit den Händen auf die Oberschenkel klatschen und sich schließlich einhängen und wie wild im Kreis herumhüpfen.

„So, das klappt ja. Jetzt machen wir das Ganze auf Musik." Sie kehrte zum Mischpult zurück und sprach in das dort montierte Mikrofon. „Der Tanz ist übrigens mit dem Square Dance verwandt. Und er heißt Maine Mixer, weil er zum einen aus dem amerikanischen Bundesstaat Maine stammt und zum anderen nach dem Im-Kreis-hüpfen das Kommando kommen kann, den Partner zu wechseln. Wir machen das jetzt gleich mal."

Beim ersten Versuch, die Tanzpartner zu wechseln, entstand ein Chaos, beim zweiten klappte es besser und beim dritten Versuch waren alle bereits so aufgedreht, daß es eine Wonne war zuzusehen.

Beim fünften Partnertausch schaltete Karla das Licht aus, was zu einem ungeheuren Durcheinander führte. Als das Licht wieder anging, stand Ingrid vor einem vollbärtigen Mann, den sie ungläubig anstarrte

Karl! Das war Karl. Ihr Karl, so wie sie ihn in Erinnerung hatte.

Sie schluckte unter dem Blick seiner sanften, braunen Augen.

„So, jetzt macht ihr euch erst mal bekannt, etwa so: Hallo, ich bin die Frieda und mach hier einen Tanzkurs."

„Hallo, ich bin die Frieda...", wiederholte Ingrid brav. "... die Ingrid. Ich... ich mach einen Tanzkurs. Was machst du?"

„Ich bin der Tristan. Ja." Sein humorvolles Lächeln war warm und behaglich.

...

Nachdem sie die ersten Schritte des Foxtrotts gelernt hatten, wurde der Kurs in die Pause entlassen.

„Mein Gott, ist das anstrengend", jammerte eine grell geschminkte Frau, die sich ungefragt zu Ingrid setzte. „Mein Name ist Rosalind."

„Ingrid."

„Nein, wenn ich doch sage: Rosalind."

„Mein Name ist Ingrid."

„Ach so."

„Es ist ganz lustig."

„Ja." Rosalind hatte bereits das Interesse an Ingrid verloren. Ein Mann mit graumeliertem Haar war auf einmal sehr viel interessanter. „Entschuldigung", murmelte sie und ging mit ihrem Glas zu dem Mann, der allein am Tisch saß. „So allein?"

Ingrid schreckte auf. Der Mann, der Karl so ähnlich sah, trat an ihren Tisch. „Darf ich?"

„Selbstverständlich."

Selbst sein Anzug erinnerte an Karl. Ein ähnliches Modell bewahrte sie in ihrem Kleiderschrank auf.

„Und?"

„Was meinen Sie?"

„Wer? Ich?"

„Ja."

„Nichts. Und Sie?"

„Ich heiße Ingrid."

„Ist mir bekannt."

„Meinetwegen können wir uns duzen."

„Wenn Sie... du meinst."

„Hab' ich das vorhin richtig verstanden: Tristan?"

„Allerdings."

„Und der Tanzlehrer heißt Ajax. Er wirkt auch sehr sauber."

„Namen sind doch Schall und Rauch."

Tristan hielt die ganze Zeit sein Glas in der rechten Hand. Mit dem Zeigefinger der linken Hand fuhr er über den oberen Rand des Glases. Mal im Uhrzeigersinn, mal dagegen. Ingrid wunderte das nicht. Auch Karl hatte gern mit Gläsern gespielt, wenn er nicht wußte, was er sagen sollte.

„Haben Sie..?"

„Ja?"

„Ich meine, hast du..."

„Ja?"

„...früher schon mal einen Tanzkurs gemacht?"

„Nein... das heißt: ja. Aber das ist schon lange her."

„Bei mir auch. In der Schule eben."

„Ja, genau."

„Auch den B-Kurs?"

„B-Kurs?"

„Ich glaube, hier sagt man F-Kurs."

„Nein."

„Bitte?"

„Nein, ich hab keinen gemacht."

„Ich auch nicht."

„Ach."

„Ja."

Tristan nahm einen kräftigen Schluck aus seinem Glas.

„Schön hier."

„Ja."

„Mir gefällt das dunkle Holz."

„Ich weiß."

„Bitte?"

„Was?"

„Wieso?"

„Wieso was?"

Ingrid hatte sich verplappert. Sie war ganz froh, daß sie durch Karla aus ihrer Verlegenheit gerettet wurde, als diese die Pause für beendet erklärte.

...

Nach dem Unterricht war Rosalind erschöpft.

„Ich hätte nicht geglaubt, daß Tanzen so anstrengend ist."

„Aller Anfang ist schwer", meint ihr graumelierter Tanzpartner und griff dabei nach ihrer Hand. Die Künstlerin erwiderte den Griff.

„Eigentlich könnten wir noch was Trinken gehen", schlug der Mann vor. Sein Lächeln zeigte einen Teil seiner Zähne.

„Warum sollen wir uns damit aufhalten? Komm doch gleich mit zu mir."

„Äh, ich..."

„Wenn du natürlich nicht willst..."

„Oh ja... doch. Ich hätte nur nicht gedacht..."

„Männer! Wenn ihr nicht soviel denken würdet, könntet ihr es viel weiter bringen."

„Warte hier, ich muß nur schnell meinen Mantel holen."

„Natürlich."

Ingrid ging an Rosalind vorbei. An der Kasse drehte sie sich ein letztes Mal nach Tristan um, dann verschwand sie durch die Tür.

Hermann strich sich mit dem Finger über das schmale Oberlippenbärtchen.

„Es war wirklich ein Vergnügen, Sonja."

„Für mich auch, Hermann. Ich freue mich schon auf nächstes Mal."

Karla ging an die Bar, wo Torsten bereits saß.

„Und? War's schlimm?" wollte er wissen.

„So so la la. Die meisten sind stocksteif, aber wir haben einige

Witzbolde dabei. Könnte sein, daß dieser Kurs nicht so öde wird wie der letzte."

„Und wie hat Ajax sich angestellt?"

„Normal."

„Für seine Verhältnisse."

„Nein, ganz normal. Wie ein normaler Mensch. In dem Kurs ist keine, die ihm gefällt."

„Gut. Vielleicht lernt er dann endlich seine Lektion."

Karla lächelte. Sie mochte nicht daran glauben.

Erfahrungsgemäß verändert der erste Abend eines Tanzkurses kaum ein Leben, das kam erst später.

Drei Tage nach der ersten Tanzstunde stellte der ergraute Zybynek überrascht fest, daß das Bett neben seinem leer war.

„Rosalind?"

Er erhielt keine Antwort, aber aus dem Atelier drang Licht in das Schlafzimmer. Müde, aber neugierig, stand er auf und ging nackt wie er war zum Atelier hinüber.

Rosalind stand vor einer Staffelei und malte mit weißer Farbe auf weißem Grund.

„Was machst du denn? Warum antwortest du nicht, wenn ich rufe?" Er fuhr sich mit einer Hand durch sein graumeliertes Haar.

„Ich bin beschäftigt, das siehst du doch."

Er trat zu ihr und legte seine Arme um ihren Körper. Unter ihrem unförmigen weißen Kittel war sie nackt, wie er deutlich fühlen konnte.

„Was soll das werden?" fragte er, schenkte aber ihrem Hals mehr Aufmerksamkeit als ihrem Bild.

„Was interessiert's dich?"

„Mich interessiert alles, was dich angeht."

„Aber du interessiert mich nicht mehr."

„Was?!"

„Ich habe gesagt, du interessierst mich nicht mehr. Nimm deine Finger von mir."

„Aber..."

„Am besten ziehst du dich jetzt an und gehst."

„Aber... warum?"

„Du bist langweilig, darum."

„Hab' ich's dir nicht gut besorgt?" Sie gönnte ihm keine Antwort. „Du bist doch gekommen. Wie kann ich da langweilig sein?"

„Hör auf mit dem Gegreine und mach, daß du wegkommst. Ich möchte, daß du in fünf Minuten die Wohnung verlassen hast."

„Das wirst du bereuen."

„Kaum."

Zybynek zeterte noch einige Zeit, doch als Rosalind sich müde wieder in ihr Bett legte, hatte er ihre Wohnung bereits verlassen.

„Hallo, Adelheid?"

„Ja, bitte? Wer spricht bitte?"

„Hermann."

„Welcher Hermann?"

„Der aus der Tanzschule"

„Ach, Hermann! Das ist mal eine Überraschung."

„Freut mich, daß du das sagst."

„Wie kommst du an meine Telefonnummer?"

„Ganz einfach: Ich hab' in der Tanzschule angerufen und nach deinem Nachnamen gefragt. Die Adresse und Telefonnummer wollten sie mir nicht geben, aber wozu gibt es Telefonbücher."

„Das hört sich sehr romantisch an."

„Ich muß ständig an dich denken."

„Aber, Hermann!"

„Nein wirklich. Seit ich das erste Mal mit dir gesprochen habe, gehst du mir nicht mehr aus dem Sinn. Ich hab' mir überlegt, ob ich bis zur zweiten Stunde warten soll, aber in unserem Alter können wir es uns nicht mehr leisten, Zeit zu vergeuden."

„Das hast du schön gesagt."

„Ich würde dich gern treffen, wenn das möglich ist."

„Selbstverständlich ist das möglich."

„Wie wär's mit morgen abend?"

„Da kann ich leider nicht. Ich bin mit Sonja verabredet."

„Sonja?"

„Meine einzige und beste Freundin."

„Ach so."

„Du kennst sie. Sie ist auch im Kurs."

„Die ist das."

„Ja."

„Wie wär's dann mit übermorgen?"

„Gern."

In der zweiten Kursstunde war in einigen Fällen bereits sichtbar, wer für wen Sympathie empfand.

Tristan tanzte vor der Pause mit Rosalind, die mit einem gewissen Jörg-Heinrich Vorlieb nehmen mußte.

Hermann hing an Adelheid, die ihn grenzenlos anhimmelte.

In der Pause faßte Ingrid sich ein Herz und nahm bei Rosalind und Tristan Platz.

„Na?" machte der Mann, als sie ihr Glas auf den Tisch stellte.

„Hallo. Ich hoffe, ich störe nicht."

„Ganz und gar nicht." Dabei spielten seine Finger am oberen Rand des Glases.

„Habt ihr die Woche gut `rumgebracht?" wollte Ingrid wissen. Interessiert war sie jedoch nur an Tristans Antwort.

„Sehr gut", entgegnete Rosalind. „Ich habe einige Bilder fertiggestellt, auf die ich sehr stolz bin."

„Du malst?"

„Tut das nicht jeder?" entgegnete Rosalind empört. „Ich erschaffe. Der kreative Prozeß ist es doch, der den Künstler vom Dilettanten unterscheidet."

„Ach so."

„Was hast du so gemacht?" wollte Tristan wissen und bereitete mit dieser Frage Ingrid eine große Freude.

„Nichts Besonderes. Das Aufregendste war der Fensterputz."

„Ha ha. So langweilig kann doch kein Leben sein."

„Doch doch. Ich steh' morgens nur auf, um ins Geschäft zu gehen. Übers Wochenende bleib' ich manchmal einfach im Bett liegen."

„Eine verlockende Vorstellung", scherzte Tristan.

Ingrid fühlte Hitze in sich aufsteigen.

„War bei dir irgendwas?"

„Viel Streß."

„Was machst du beruflich?"

„Ich verkauf' Wasserpumpen."

„Das hört sich aufregend an."

„Gar nicht. Es gibt nichts Langweiligeres. Am Sonntag bin ich mit dem Auto etwas rausgefahren."

„Wohin?"

„Weiß ich gar nicht. Irgendwohin. Und dann im Wald spazieren gegangen."

Genau wie Karl das immer gemacht hatte, wenn ihn etwas beschäftigt hatte.

„Bist du soweit?" hatte er oftmals ungeduldig gefragt. Dann waren sie mit dem Auto losgefahren.

Irgendwohin, wo die Straße zufällig hinführte. Mitten im Nirgendwo waren sie ausgestiegen und hatten die frische Luft bei einem ausgiebigen Spaziergang genossen. Karl war ein großer Spaziergänger gewesen. Ihre geschwollenen Beine konnten davon ein Lied singen. Aber sie hatte die Qual gern auf sich genommen, wenn Karl bei ihr war, wenn etwas von seiner Sicherheit über die Hände an sie überging. Es war eine schöne Zeit gewesen. Schön. Und wie alles schöne viel zu kurz.

Ingrid stellte ihr Glas ab. Wie zufällig berührten dabei ihre Fingerspitzen die kleinen Hände des Mannes, in denen die Poren lange und tiefe Rillen bildeten, die einen Vergleich mit Gebirgstälern geradezu herausforderten.

Es war nur eine kurze Berührung gewesen. Aber sie genügte, um einen angenehm wohligen Schauer durch Ingrids Körper zu jagen.

Nach der Pause war Damenwahl. Ingrid mußte sich beeilen, um knapp vor Rosalind bei Tristan den Anspruch auf diese Tanzrunde anzumelden.

Die Künstlerin zuckte gleichgültig mit den Schultern und ging zu einem noch übriggebliebenen Mann, der klein und unansehnlich war.

„Und was soll das sein, die Umkehr von 'Schwarze Neger im Tunnel'?"

Aus Rosalinds Augen funkelte es einen Moment bösartig. Kritik, auch wenn sie von unwissenden Laien kam, konnte sie nicht ertragen. In einem oberlehrerhaften Ton beantwortete sie seine Frage.

„Wenn die Beleuchtung richtig ist, kannst du erkennen, daß der Farbauftrag Strukturen bildet."

„Ja, richtig. Sieht aus wie ein Schwanz."

„Es ist ein Phallus", sagte sie zu dem kleinen, unansehnlichen Mann.

„Sieht aus wie meiner."

„Das wollen wir doch gleich mal sehen."

„Was ist denn los mit dir?"

„Was soll schon los sein?"

„Inwiefern?" wollte Ingrid von ihrer Geschäftskollegin in Grün wissen.

„Du siehscht nemme ganz so traurig aus. Macht das Tanzen Spaß?"

„Ja, schon."

„Hascht einen festen Partner?"

„Nein."

„Aber..."

„Aber im Kurs sind einige nette Männer."

„Aha. Dann ben ich ja g'spannt, was dabei rauskommt."

„Dabei kommt nichts raus. Das sind Tanzpartner, mehr nicht."

Ingrid kehrte an ihren Arbeitsplatz zurück. Sie nahm ihre Brille ab und rieb sich gedankenverloren den Nasenrücken.

Ja, es waren Tanzpartner. Aber war das ‚Mehr nicht' korrekt?

Tristan gefiel ihr. Und sie hatte beim Tanzen den Eindruck gewonnen, ihm ebenfalls nicht unsympathisch zu sein. Bei den engen Standardtänzen hatte sie das Gefühl, daß er sie eine Spur dichter an sich drückte, als das erforderlich war.

Es war ihr nicht unangenehm, da sie sich so noch mehr einreden konnte, es sei Karl, mit dem sie tanzte.

Bei der Morgentoilette war ihr eingefallen, woher sie Tristans Deo kannte Es war... selbstverständlich.

Ihr Herz schlug etwas schneller als sie an Tristan dachte.

Sei nicht so dumm, schalt sie sich. Du kannst dich doch nicht in einen Mann verlieben, nur weil er dich in jeder Kleinigkeit an deinen geliebten Karl erinnert. Das wäre doch nicht fair. Tristan gegenüber jedenfalls.

„He, Ingrid, hörst du dat Telefon nich?"

Verwirrt starrte sie ihren Kollegen an, dann erst vernahm sie das laute aufdringliche Klingeln des Telefons. Nachdem sie die Brille wieder aufgesetzt hatte, nahm sie widerwillig den Hörer ab.

„Und?"

„Hermann ist ein ganz phantastischer Mann und voller Tatendrang", schwärmte Adelheid. „Stell dir vor, er hat all sein Geld in ein Geschäft gesteckt. Ich habe ihm angeboten, ihm über den momentanen Engpaß hinwegzuhelfen, aber das will er nicht."

„Noch ein Stück Kuchen?"

„Nein, danke."

„Nein?"

„Ich möchte etwas auf meine Figur achten."

„Du bist albern. Wo wollen wir beiden noch auf unsere Figur achten?" Als wollte sie das unterstreichen, schob sie sich ein Stück Vierfruchttorte in den breiten Mund.

„Das verstehst du nicht."

„Doch, doch. Ich verstehe schon. Du bist verliebt."

„Verliebt? Mach dich nicht lächerlich. Doch nicht in unserem Alter."

„Glaubst du, das hat was mit dem Alter zu tun? Ich glaube, Liebe ist unabhängig von äußeren Zuständen. Es ist eine Geisteshaltung. Oder so. Habe ich mal irgendwo gelesen."

„So hört sich das auch an."

„Jetzt erzähl schon! Wie ist er?"

„Nett. Sehr nett."

„Das weiß ich doch schon. Wie ist er im Bett?"

„Woher soll ich das wissen?"

„Oh, Adelheid, mach halblang. Das nehme ich dir nicht ab."

„Jetzt erzähl schon! Wie ist er?"

„Nett. Sehr nett."

„Das weiß ich doch schon. Wie ist er im Bett?"

„Woher soll ich das wissen?"

„Oh, Adelheid, mach halblang. das nehme ich dir nicht ab."

„An mir liegt's nicht. Wir waren gestern abend im Kino. Danach sind wir noch auf einen Schluck zu mir gegangen. Stell dir vor, er hat weder im Kino noch zu Hause versucht, an mich heranzukommen."

„Und das gefällt dir."

„Natürlich. Das heißt doch, er ist nicht wie die anderen Männer, die eine Frau nur als Sportgerät sehen."

„Deine Worte. Deine Worte!"

„Ist doch wahr. Zuerst habe ich geglaubt, er würde nur das wollen, was alle Männer wollen, aber inzwischen hege ich die Hoffnung, daß er anders ist als andere."

„Da kann ich dir nur viel Glück wünschen. Hast du übrigens schon das Neueste von Alexandra gehört?"

„Nein."

„Das muß ich dir einfach erzählen. Also..."

Torsten saß an der Kasse. Er war in eine Liste vertieft. Ein Kollege hatte überraschend mitten in der Saison gekündigt. Dadurch kam es zu Engpässen, die nur durch sorgfältige Planung kaschiert werden konnten.

Für die verbliebenen Tanzlehrer bedeutete das zusätzlichen Streß. Torsten hätte die Kurse übernommen, wenn er nicht zur selben Zeit andere gehabt hätte. Deidra mußte einen der Kurse übernehmen, Karla einen andern. Aber wer sollte die anderen drei übernehmen? Das festzulegen war Torstens Aufgabe.

„Hallöchen", säuselte eine Torsten wohlbekannte Stimme.

„Andrea?" wunderte er sich. „Ich denke, du hast Prüfung."

„Hatte, mein Lieber, Hatte."

Er legte die Liste beiseite. „Ja und?"

„Bestanden." Beschwingt tänzelte sie um das Kassenpult herum. „Bestanden. Ich kann's noch gar nicht fassen."

„Gratuliere." Er stand auf und nahm sie in die Arme. Was wie eine überschwengliche Geste wirkte, war für Torsten sehr viel mehr. Er genoß Andreas Nähe. Die körperliche Innigkeit war für ihn die Erfüllung lang gehegter Wünsche.

Er spürte, daß sein Körper auf die Nähe reagierte. So gern er Andrea hatte, so sehr alles in ihm nach der Berührung verlangte, so wenig konnte er mit seinen Gefühlen für diese Frau umgehen.

Er ließ sie los.

„Entschuldigung. Mit mir ist es durchgegangen."

„Das macht doch nichts. Jedenfalls heute." Sie lachte. Und bevor er wußte, was ihm geschah, drückte sie ihm einen flüchtigen Kuß auf die Wange.

„Wo ist der Chef?"

„Im Moment nicht da." Verwirrt berührte Torsten die von Andrea geküßte Wange.

„Macht nichts. Dann sag' ich's ihm morgen. Ciao." Und schon war sie verschwunden.

Torstens Lippen entwich ein gehauchtes, liebevolles „Andrea".

Ingrid hatte für die dritte Tanzstunde einen Vorsatz gefaßt: Sie würde unter keinen Umständen mit Tristan tanzen!

Sie würde ihn links liegen lassen, so tun als würde es ihn nicht geben, würde mit einem der anderen Männer tanzen. Von Tristan würde sie keinerlei Notiz nehmen!

Die ganze, dumme Geschichte war schon viel zu weit fortgeschritten. Immer wenn sie an Karl dachte, sah sie auch Tristans Gesicht vor Augen. Wenn sie an die zärtlichen Stunden mit Karl dachte, träumte sie davon, von Tristans Händen verwöhnt zu werden. Wenn sie einkaufen war, fragte sie sich, was er wohl davon halten würde.

Es war schon viel zu weit gekommen. Die Geschichte mußte ein Ende finden!

Schnell! So schnell wie möglich. Bevor es für sie keinen Ausweg mehr gab. Bevor Tristan ihre Gefühle entdeckte. Bevor er auf die Idee kam, in ihr etwas anderes als nur eine Tanzpartnerin zu sehen. Bevor er Gelegenheit fand, sie zu verletzen.

Es durfte nicht weitergehen. Unter keinen Umständen.

Schon um Tristans Willen nicht. Wo blieb die Ehrlichkeit, wenn man für einen Menschen Gefühle entwickelte, nur weil dieser die Erinnerung an jemand anderen wachhielt? Durfte man das einem anderen Menschen antun? War es nicht ehrlicher, keine Gefühle zu zeigen?

Ingrid wußte, sie mußte einen Riegel vorschieben, damit Tristan später nicht darunter zu leiden hatte. Bisher hatte er jedem Vergleich mit Karl standgehalten. Aber das konnte er nicht für alle Zeiten tun. Er war Tristan, nicht Karl. Wie jeder Mensch hatte er es verdient, um seiner selbst willen geschätzt, verehrt, geliebt zu werden. Um seiner selbst willen.

Um der Ehrlichkeit zwischen den Menschen willen.

Ingrid würde ihn links liegen lassen.

Ganz weit links.

„Hallo, Ingrid."

Tristan!

„Du siehst gut aus."

Links liegen lassen.

„Danke, Ka... Tristan."

„Willst du nachher mit mir tanzen?"

„Warum nicht?" In diesem Moment wußte sie, sie würde wie Wachs in seinen Händen sein, würde alles für ihn tun. Auf der Stelle würde sie sich ihm hingeben - wenn er es nur wollte.

33

„Heh, du bist ja tatsächlich eine richtige Künstlerin", stellte der große, breitschultrige Mann fest. Sein Gesicht strahlte wie das eines kleinen Kindes, dem man eben erzählt hat, es habe das Los mit der Aufschrift ‚Freie Auswahl' in einer Tombola gezogen.

„Natürlich. Das hab ich doch gesagt."

„Und was soll das sein?"

„Das nennt sich leere Leinwand."

„Oh, tatsächlich. Ich hab noch nie eine leere Leinwand gesehen."

„Mich interessiert eigentlich viel mehr, zu was für Kunststücken du fähig bist." Sprach's und zog den Mann in ihr Schlafzimmer.

Nachdem sie die Tür geöffnet hatte, sah sie nur einen riesigen Blumenstrauß. Verwundert brachte sie einige Momente keinen Ton über die Lippen.

„Ich bin's", sprach der Blumenstrauß.

„Hermann!"

Der Blumenstrauß sank tiefer und dahinter kam tatsächlich Hermanns Gesicht zum Vorschein.

„Das ist aber eine Überraschung."

Freudestrahlend nahm sie den Blumenstrauß entgegen. „Komm doch rein. Setz dich ins Wohnzimmer. Ich stelle die Blumen einstweilen in eine Vase."

„Gern."

Er betrat das Wohnzimmer, das mit altertümlichen Möbeln ausgestattet war. An den Wänden hingen einige Kunstdrucke. Nirgendwo in der Wohnung war auch nur ein Photo zu sehen.

Hermann war zufrieden. Inzwischen wußte er, daß sie keine Familie hatte. Bis auf ihre Freundin Sonja stand sie allein auf der Welt. Die Ausgangslage war also gut.

Adelheid führte ein bescheidenes Leben, konnte den größten Teil ihrer Witwenrente sparen, für einen fernen, noch nicht definierten Tag und Zweck. All das wußte Hermann bereits.

„Willst du vielleicht einen Kaffee?" rief Adelheid aus der Küche.

„Danke, nein. Ich will nur in deiner Nähe sein."

„Das hast du schön gesagt." Sie kam aus der Küche und nahm neben ihm auf dem Sofa Platz.

„Du hast mir gefehlt", behauptete Hermann voller Inbrunst und griff dabei nach ihren aufgequollenen Händen.

„Wirklich."

"Ja. Seit ich dich das letzte Mal sah, konnte ich nur an dich denken. Adelheid, ich sag's nicht gerne, aber... ich glaube, ich habe mich in dich verliebt."

„Oh, Hermann."

„Doch, doch. Bis spät in die Nacht bin ich wachgelegen, nur mit einem Gedanken: Adelheid! Adelheid!" Er war gegen zehn Uhr ins Bett gegangen und sofort eingeschlafen. „Und meine Träume..." Er hatte sich noch nie an einen Traum erinnern können. „Ich habe von dir geträumt."

„Nein, wirklich. Das hast du getan?"

„Ja."

„Schildere mir deinen Traum."

„Das geht nicht, geliebte Adelheid."

„Wir sind doch allein."

„Nein, Adelheid. Nie könnte ich dir, einer Dame, der Dame meines Herzens, eine Phantasie erzählen, die meiner und deiner nicht würdig ist."

„Du machst mich neugierig. Bitte, Hermann, erzähle."

„Nun gut, du hast mich gezwungen."

„Ich bin so neugierig."

„Wir haben uns in einem Wald getroffen, zufällig. Und dort hat uns die Lust übermannt."

„Oh, wenn es doch wahr wäre.!"

„Adelheid!"

„Nie hätte ich geglaubt, daß ich dies je zu einem Mann sagen würde, aber... Hermann, ich verzehre mich nach dir. Ich... ich..."

„Oh, Adelheid." Er nahm ihre Hand und bedeckte erst diese mit seinen Küssen, dann wanderte sein Mund über den Arm zur Schulter hinauf. Während sie erschauerte, stellte er fest, daß sie ihre Kleidung einparfümiert hatte. Der Geschmack auf seinen Lippen war widerlich.

„Was tust du mit mir... was tust du mit mir!"

„Verzeih', das wollte ich nicht." Er stand auf.

„So mein' ich das doch gar nicht." Sie zog ihn zu sich herunter. „Wenn du mich willst, bin ich die deine."

Hermann wußte, daß er den härtesten Teil jetzt vor sich hatte.

„Ich werde dich auf Wolken schweben lassen. Wie wär's mit einem Schlückchen Wein?

„Oh ja, eine gute Idee. In der Küche, im Kühlschrank."

„Bleib' nur sitzen, Liebste. Ich werde schon alles finden."

Schnell stand er auf und ging in die Küche. Die Flasche fand er tatsächlich im Kühlschrank, den Korkenzieher in einer Schublade des Küchenschranks. Noch in der Küche entkorkte er die grüne Flasche, dann kehrte er in das Wohnzimmer zurück.

Auf dem Tisch standen zwei Bleikristallgläser, in deren feinem Schliff sich das Licht mannigfaltig brach.

„Wo bist du, Liebes?"

„Ich komme gleich, Geliebter."

Hermann mußte lächeln. Sie war wie alle Frauen. Vor lauter Aufregung hatte sich bei ihr die Blase gemeldet. Für ihn war die Gelegenheit günstig.

Eigentlich ließ er sich für seine Opfer mehr Zeit, aber in diesem Fall war Eile geboten. Je häufiger Adelheid und er in der Tanzstunde erschienen, desto unvermeidlicher wurde es, daß auch zu anderen Tanzschülern intensiver Kontakt entstand. Zudem wußte er inzwischen, was bei Adelheid zu holen war. Und solange die Heizanlage seine Hauses in Betrieb war, konnte er ohne größeren Aufwand die sterblichen Reste seines Opfers beseitigen. Im Sommer würde er sich den Luxus einer kontemplativen Phase genehmigen. Der Gedanke daran machte ihm alles sehr viel leichter.

Er füllte die Gläser und schüttete in das Glas, das für Adelheid bestimmt war, ein weißes Pülverchen, das sich sofort auflöste.

„Nanu, wo ist denn ihre Freundin?" wollte Ajax von Sonja wissen.

„Ich habe keine Ahnung. Da Hermann ebenfalls fehlt, nehme ich an, daß Sie mit ihm zusammen ist."

„So so."

Ajax setzte seinen Weg fort. Er nahm bei Rosalind, Ingrid und Tristan Platz.

„Sie sehen heute recht fertig aus", bemerkte Rosalind.

„Würden Sie auch, wenn Sie wie ich seit 10 Uhr tanzen würden."

„Zehn Uhr? Das sind ja jetzt zwölf Stunden."

„Natürlich mit Pausen."

„Aber im Programm sind zu so früher Stunde gar keine Kurse eingetragen."

„Ich bin noch in der Ausbildung. Theorie und Praxis fordern eben ihren Tribut. Außerdem gibt es da noch die Schülerkurse. Im Programm sind die nicht ausgedruckt, trotzdem muß die ja auch jemand abhalten."

„Alle Achtung! Für so fit hätte ich Sie gar nicht gehalten."

„Sie kennen mich eben nicht richtig. Wenn Sie heimgehen, ist für mich noch lange nicht Schluß. Halb eines wird's schon werden."

„Mir wär' das zu lang."

„Mir auch", pflichtete Ingrid bei. Tristan konnte nur mühsam ein Lächeln unterdrücken. Sein Arbeitstag war manchmal noch länger. Aber er konnte sich den Tag wenigstens selbst einteilen, mittags hinlegen, wenn ihm danach war, morgens ausschlafen, wenn er wollte.

„Wenn's Spaß macht, ist es gar nicht so übel. Euer Kurs ist ja ganz lustig. Manchmal braucht man für die Singlekurse Aufputschmittel, so langweilig sind die Leute. Das ist dann echt ätzend."

„Kann ich mir vorstellen." Ingrids Finger tasteten vorsichtig über den Tisch, bis sie, kaum bemerkbar, an Tristans Fingerkuppen stießen.

„Ich stell mir das abwechslungsreich vor. In jedem Kurs sind doch neue Leute."

„Zuerst ja. Wenn die richtige Mischung zusammen kommt, macht es richtig Spaß. Man weiß es vorher nicht. Wir hatten erst vor einigen Monaten einen Kurs für Leute unter dreißig, von denen haben nur vier Personen weitergemacht. Ätzend, echt ätzend. Klar, daß man den Fehler zuerst bei sich selbst sucht. Vielleicht hat man ja was falsch gemacht."

„Ich hab immer geglaubt, hier geht es ganz locker zu."

„Oberflächlich sicher. Aber hinter den Kulissen ist dieser Beruf knallhart. Das könnt ihr mir glauben."

Tristan hatte sein Glas geleert, stellte es beiseite und legte seine Hand auf Ingrids. Zuerst schien es noch unbeabsichtigt zu sein, so beiläufig, wie die Umarmung, die er ihr zur Begrüßung geschenkt hatte. Erst als er ihre Hand fest mit seinen Fingern umschloß, suchten Ingrids Augen die seinen.

Ihre Blicke trafen sich und Ingrid erkannte, es waren nicht Karls Augen, die sie anhimmelten, sondern Tristans. In diesem Moment wußte sie: Die Umarmung war kein Zufall gewesen. Seit er im Kurs ihre Hand immer etwas länger hielt, als es nötig war, hatte sie den Verdacht gehabt, es könnte Absicht dahinter stecken.

Sie erkannte das Sehnen, das in seinem Blick lag. Sie ahnte, daß sie mehr für ihn war, als eine Tanzpartnerin.

Sie konnte erkennen, daß sie zu weit gegangen war!

Tristan war Tristan und nicht Karl. Was sie in ihm sah, war nicht ehrlich. Das hatte er nicht verdient. Betroffen zog sie die Hand zurück. Das Spiel mußte endlich aufhören. Jetzt!

„Hallöchen. Das ist mal eine Überraschung. Komm nur rein." Rosalind ließ Ingrid eintreten. „Wie kommt's?"

„Ich wollte mir mal dein Atelier anschauen."

„So?" Skeptisch blickte die Künstlerin ihre Bekannte an. Dabei fiel ihr auf, daß die Züge der anderen Frau einen Reiz auf sie ausübten, den die meisten Frauen vermissen ließen.

„Ich würde dich gern malen. Was dagegen?"

Ingrid, die eine alte ausgewaschene Jeans und einen blaugrünen Strickpullover trug, wollte zuerst ablehnen. Doch sie entschied sich anders.

„Überhaupt nicht."

„Gut. Kann ich dir was anbieten?"

„Einen Tee, wenn es dir nichts ausmacht."

„Gern. Schau dich nur um. Aber paß auf, einige der Bilder sind noch nicht ganz trocken."

„Ja."

Während Rosalind in der Küche verschwand, studierte Ingrid die Bilder, die teilweise hintereinander vor der rosagetünchten Wand aneinander gereiht waren. Sie blätterte interessiert, betrachtete manche der Bilder etwas länger, trotz der ungünstigen Perspektive. Manchmal setzte sie ihre Brille auf, manchmal nahm sie sie ab.

„Du bist sehr begabt."

„Gar nicht", heuchelte die Künstlerin. Hätte ihr Gast etwas anderes gesagt, wäre sie ihr wahrscheinlich an den Hals gesprungen. „Was du siehst ist alles nur Technik. Begabung ist etwas ganz anderes. Wahre Begabung gibt es unter uns berufsmäßigen Künstlerin nur selten. Bei meinen Schülern ist das anders." Einige der Hobbykünstler, die sich ihr Maltechniken beibringen ließen, waren wahre Bündel an Begabung. Wozu andere jahrelang Unterricht nehmen mußten, hatten sie sich schon fast selbst angeeignet, nur durch die Kraft ihrer unerschütterlichen Phantasie. Kunst kommt zwar von Können, aber ein wahrer Künstler weist sich nicht durch die perfekte Technik aus, sondern durch die reine intellektuelle Kraft, die in die Werke einfließt.

„Du gibst Unterricht?"

„Selten. Eine Zeitlang hab ich davon leben müssen. Bevor ich meine Bilder regelmäßig verkaufen konnte. Von irgendwas muß man ja leben. Ich hab auch schon Modell gestanden."

„Nackt?"

„Selbstverständlich."

„Das würde ich mich nie trauen."

„Der Hunger macht's möglich." Rosalind plazierte einen Campingtisch nebst Stuhl in die Mitte des Ateliers. Auf diesen Tisch stellte sie das Tablett mit Teekanne, Tasse und Zucker.

„Setz dich."

„Und du?"

„Ich steh lieber." Sie räumte die Staffelei, um um einen noch jungfräulich weiße Malgrund darauf festzumachen. „Rötel ist gut", murmelte sie vor sich hin. Du hast ein interessantes Gesicht, weißt du das?"

„Findest du?"

„Und du hast irgend welchen Kummer. Ich frage mich nur, warum du wirklich zu mir gekommen bist."

„Nur wegen deines Ateliers..." Sie zögerte einen Moment, dann gestand sie: „Das stimmt gar nicht. Ich wollte mit jemandem reden." Sie nahm die Brille ab. Nervös spielten ihre Finger mit dem kalten Metallgestell.

„Hast du keine Freunde?"

„Ich hatte in meinem Leben nur einen wirklichen Freund: Karl."

„Hatte? Habt ihr euch getrennt?"

„Er ist tot."

„Tut mir leid." Der Rötelstift huschte über die Malfläche.

„Das macht nichts. Inzwischen kann ich mit dem Gedanken leben. Manchmal jedenfalls."

„Bisher hatte ich nicht den Eindruck, daß du vor dem Leben kapitulierst."

„Du kennst mich nur aus dem Tanzkurs. Aber ich habe das Gefühl, du bist eine Frau, die das Leben kennt."

„Leben? Was ist schon Leben? Ich glaube, ich verstehe etwas anderes unter Leben als du oder die meisten anderen."

„Das ist möglich."

„Es ist eine Erfahrung, die ich gemacht habe. Wann ist dein Mann gestorben?"

„Vor etwa einem Jahr. Der Tanzkurs ist das erste, was ich in meiner Freizeit mache, seit jenem Tag."

„Dann ist dein Leben dadurch reicher geworden", folgerte die Künstlerin, während sie Maß nahm.

„Ich habe mich von Geschäftskollegen zu dem Kurs überreden lassen."

„Aber es macht dir doch Spaß."

„Schon. Aber dadurch ist alles komplizierter geworden."

„Ach was. Tristan merkt wahrscheinlich gar nicht, daß er dir Probleme bereitet."

Ingrid riß die Augen weit auf. Fast wäre ihr die Brille aus der Hand gefallen. „Wie...", blubberte sie hervor.

„Männer merken so was nie. Ich glaube, ich habe noch nie einen Mann gekannt, der nicht schwul war und trotzdem gewußt hat, was in einer Frau vor sich geht."

„Wie kommst du auf Tristan?"

„Jeder, der nicht blind ist, sieht, daß dir etwas an Tristan liegt. Seit dem ersten Abend läßt du ihn nicht mehr aus den Augen. Und wehe, eine andere tanzt mal mit ihm. Augen, Ingrid, Augen sind die Spiegel der Seele, so albern das auch klingt. Man kann an ihnen soviel ablesen. Die meisten Menschen merken's nur nicht. Blind wie Maulwürfe tapsen sie durchs Leben und wundern sich, daß das was sie für Leben halten, nicht ihr Leben ist. Ist dir noch nie aufgefallen, daß die Menschen, die die besten Kumpel abgeben, fast nie in festen Händen sind? Woran, glaubst du, liegt das? Ich werd's dir sagen: Sobald sie sich zu sehr für einen Menschen interessieren, versuchen sie zu gefallen. Sie tun alles, um so zu sein, wie sie sich einen idealen Menschen vorstellen. Meist mit katastrophalen Folgen."

„Du bist klug."

Rosalind lachte. „Nein. Ich bin Künstlerin."

„Schließt das eine das andere aus?"

„Wenn du mehr Künstler kennen würdest, müßtest du nicht fragen." Rasch führte sie den Rötelstift über den Malgrund. Ihr Blick huschte zwischen Modell und Bild hin und her. „Liebst du Tristan?"

„Um Himmels willen: Nein!"

„Bist du sicher, daß du dir in diesem Punkt nichts vormachst?"

„Ich weiß, was Liebe ist."

„So? Dann erklär's mir bitte."

„Liebe ist... Liebe ist... ist... Liebste kann man nicht erklären. Liebe ist das Unerklärliche zwischen zwei Menschen. Liebe ist das, was zwischen mir und Karl war."

„Vergleichst du immer alles mit Karl? Willst du wissen, was für mich Liebe ist? Ich werd's dir sagen: ein guter Fick. Ein Fick, der nicht nur einmal schön ist, sondern immer wieder. Leider hab ich bisher keinen Mann kennengelernt, der mehr als zweimal gut war."

„Daß du solche Wörter in den Mund nehmen kannst."

„Was ist schon dabei? Ficken ist was Schönes, manchmal jedenfalls. Und es ist doch völlig egal, wie man die Sache nennt. Ficken, Bumsen, Stoßen oder was dir sonst noch einfällt. Hauptsache ist doch, es macht Spaß. Leider haben die meisten Kerle keine Phantasie. Nachdem sie dir ein-, zweimal den Himmel auf Erden bereitet haben, denken sie nur noch an sich. Blas mir den Schwanz, mach die Beine breit und halt dein Maul."

„Karl war ganz anders."

„Dann hast du Glück gehabt. Vielleicht bist du auch nur bescheidener als ich."

„Möglich. Ich... nein, über solche Dinge kann ich nicht sprechen."

„Warum? Es gibt doch nichts Natürlicheres."

„Ich kann es einfach nicht. Über solche Dinge sollte man sich nicht auslassen."

„Findest du? Meinetwegen. Worüber willst du dich dann unterhalten? Übers Kochen vielleicht?"

„Warum nicht?"

„Weil ich davon keinen Schimmer habe."

„Gibt es so etwas auch noch?"

„Selbstverständlich." Rosalind arbeitete einige Momente schweigend an der Zeichnung. Dann: „In dir arbeitet es, das seh' ich deutlich. Du willst über Tristan reden."

„Nein!" Dabei schlossen sich ihre Finger fest um das Brillengestell in ihrer Hand.

„Doch, doch. Aber ich weiß nicht, was ich sagen soll. Entweder liebst du ihn oder du liebst ihn nicht. So einfach ist das. Und in beiden Fällen kann dir niemand helfen."

„Ich weiß. Aber..."

„Ja?"

„Ich fühle mich lausig dabei."

„Warum?"

„Weil ich das Gefühl habe, Tristan damit nicht gerecht zu werden."

„Es geht doch um deine Gefühle. Was hat Tristan damit zu tun?"

„Na, hör mal, es geht doch um ihn."

„Nein, da irrst du dich. Es geht um dich. Nur um dich. Ob es Tristan ist oder ein anderer, ist völlig schnurz. Weißt du, ich habe schon lange den Verdacht, daß Liebe eigentlich nur ein Gefühl ist, das wir in das Bild, das wir uns von jemandem machen, hineinprojezieren."

„Ich versteh nicht ganz, was du damit sagen willst."

„Ganz einfach. In irgend einem Punkt erinnert dich Tristan an deinen Karl. Und aus diesem Grund projizierst du die Gefühle, die du immer noch für deinen verstorbenen Mann hast, in Tristan . Dein Verstand weiß, daß er sich selbst betrügt und deshalb hast du ein schlechtes Gewissen."

„Ein Punkt? Wenn es das nur wäre! Egal was Tristan tut oder sagt, jedesmal könnte es Karl sein."

„Ist doch egal, ob es mehrere Punkte sind oder nur einer. Du siehst an Tristan, was du sehen willst. Was dich nicht an Karl erinnert, was Tristan selbst ist, blendest du aus."

Ingrid blieb stumm. Hatte Rosalind Recht? Sie bemühte sich, an Tristan etwas zu entdecken, das nicht an Karl erinnerte - vergebens. Tristan war ein Abziehbild Karls.

„Tristan ist wie mein Mann. Er küßt auch genau..." Bevor ihr aufgefallen war, was sie gesagt hatte, war der Satz schon ihren Lippen entwichen. Sie errötete. „Vergiß es", sagte sie hastig, obwohl es eine vergebliche Hoffnung war.

„Ihr habt euch geküßt? Ingrid, du bist herrlich. Wenn man dich hört, könnte man meinen, es hätte dich in den Arsch gefickt oder sonst was Ordinäres getan. Ha, ich kann mir bildhaft vorstellen, wie der Kuß ausgehen hat: ein Schmatz auf die Wange."

„Wenn es nur dabei geblieben wäre. Nein. Wir haben uns... richtig geküßt. So richtig."

„Naß? Mit der Zunge?"

Ingrid errötete.

„Herrlich" Wie ein Teenager! Ich hätte nicht geglaubt, daß man in deinem Alter noch dermaßen verklemmt sein kann. Was ist schon so besonders Tolles an einem Kuß?"

„Für mich eine ganze Menge."

„War es wenigstens gut?"

„Ja. Es war himmlisch."

„Und jetzt bist du verwirrt."

„Sehr."

„Warum?"

„Ich habe das Gefühl, daß ich eine Situation geschaffen habe, die ich nicht mehr unter Kontrolle habe."

„Muß man immer alles unter Kontrolle haben?"

„Selbstverständlich."

„Wenn du meinst. Fertig."

„Ja? Darf ich sehen?"

„Klar."

Ingrid setzte ihre Brille wieder auf und trat zu Rosalind.

„Phantastisch. Aber ich bin das nicht. So attraktiv bin ich noch nie gewesen."

„Das bist du", beharrte die Künstlerin. „So wie ich dich sehe. Dein Gesicht gibt eine ganze Menge her. Hier, die schlanke Kontur der Backenknochen, der etwas lange Nasenrücken, mit der kleinen Narbe. Wenn Tristan sich nicht längst in dich verliebt hat, weil du eine äußerst attraktive Frau bist, dann versteh ich nichts von Männern."

„Das glaub ich nicht."

„Man kann Männer nicht zum Küssen zwingen! Männer nicht und Frauen nicht. Zum Küssen gehören immer zwei. Du willst einen Rat? Hier hast du ihn: Versuch Tristan als Tristan zu sehen. Alles andere würde ihn früher oder später verletzen."

Ingrid betrachtete die Zeichnung. Wie jeder Mensch hatte sie schon Photos gesehen und Spiegelbilder, aber noch nie hatte jemand sie so subjektivisiert wie Rosalind. Sah Tristan sie genauso?

„Und jetzt? Ingrid beobachtete die Reaktion des Mannes. Täuschte sie sich, oder bebte sein linker Nasenflügel tatsächlich? War es Zufall, daß die Ader, die am Hals zu sehen ist, deutlicher hervortrat?

„Ich weiß nicht. Soll ich dich heimbringen?"

Ingrid zuckte gleichgültig mit den Schultern. Sie wußte nicht, was sie wollte, war aber neugierig darauf, was Tristan wollte.

Die kühle Nachtluft war angenehm, auch wenn sie hier im Zentrum der Stadt von giftigen Abgasen geschwängert war.

„Wir können noch etwas spazieren gehen. Natürlich nur, wenn du willst. Ich hab schon lang keinen Schaufensterbummel gemacht. Mir fehlt die Zeit", schlug er vorsichtig vor.

„Wenn du etwas anderes tun willst, brauchst du es nur zu sagen." Ingrid spürte seine Unsicherheit, die ihr fast größer schien, als ihre.

Zunächst gingen sie lose nebeneinander her, aber dann, sie konnte sich später nicht mehr an den Zeitpunkt erinnern, hielt sie plötzlich seine Hand in der ihren.

Die blonde Frau hatte das Gefühl zu schweben. Noch klang die Melodie des zuletzt gehörten Musiktitels in ihr nach. Sie dachte daran, Tristan zu gestehen, daß sie so glücklich war, wie schon lange nicht mehr.

Als er am Morgen bei ihr angerufen hatte, hatte sie das fast für ein Wunder gehalten.

„Tristan? Damit hab ich wirklich nicht gerechnet."

„Hab ich dich geweckt?"

„Nein, das nicht."

„Gut. Als ich vorhin aufgestanden bin, kam mir der Gedanken, wir beide könnten doch mal zusammen tanzen gehen."

„Warum nicht?" hatte sie in aller Unschuld gesagt und dabei vor lauter Aufregung den Hörer fest umfaßt bis die Knöchel an ihren Händen weiß leuchteten.

„Tatsächlich?" Seiner Stimme war anzuhören, daß er sich Gedanken über die letzte Tanzstunde gemacht hatte. „Das freut mich aber."

Eine kleine, peinliche Pause entstand, in der beide mit ihren Zweifeln und Ängsten kämpften.

„Wie sieht's heute abend aus? Hast du Zeit?"

„Eigentlich..."

„Oder morgen?"

„Nein, heute abend ist in Ordnung."

„Um acht vor der Tanzschule?"

„Gern. Ich freu' mich."

„Ich auch. Wenn du willst, bring ich dich hinterher heim. Dann hast du keine Probleme mit der Parkplatzsucherei."

„Das muß nicht sein."

„Mir macht es nichts aus."

„Meinetwegen. Aber wie gesagt, es muß nicht sein."

„Dann bleibt's dabei. Ich bring dich heim. Mach's gut. Bis dann."

Das Ende des Gesprächs war etwas abrupt. Die Unsicherheit Ingrids war dadurch nicht kleiner geworden. Den ganzen Tag hatte sie an Tristan gedacht und versucht, sich über ihre Gefühle Klarheit zu verschaffen. Aber immer wieder schlich sich Karl in ihre Gedanken. Schließlich hatte sie sich zu dem überraschenden Besuch bei Rosalind durchgerungen.

Schweigend gingen sie nebeneinander her. Ingrid tat so, als würden sie die Auslagen interessieren. Doch sie fühlte nur ihre vom Tanzen strapazierten Füße, ihr heftig schlagendes Herz und Tristans Hand in der ihren.

Wie lange lag der letzte unbeschwerte Schaufensterbummel zurück? Ein Leben lang. Und jetzt war alles, wie es früher war.

Die Kühle der Nacht fraß sich langsam durch die Kleidung. Es kümmerte Ingrid nicht. Ohne daß es ihr bewußt wurde, kuschelte sie sich immer enger an Tristan, bis dieser in einer rührend hilflosen Geste einen Arm um sie legte.

„Du zitterst ja."

„Mir ist kühl."

„Am besten gehen wir zum Auto."

„Ja."

Wohin? Was konnte gleichgültiger sein? Hauptsache, er war bei ihr. Hauptsache, sie konnte seine männliche Nähe spüren.

Einige Nachtschwärmer kreuzten ihren Weg und verschwanden so schnell in der Bedeutungslosigkeit, wie sie aus ihr gekommen waren. Vielleicht würden sie Ingrids Weg irgendwann wieder kreuzen, vielleicht nie wieder. Vielleicht würden sie eines Tages Bestandteil ihres Lebens werden, vielleicht nie. Was zählte es in diesem Moment? Wichtig war nur, daß Tristan bei ihr war, daß sie ihn genießen konnte.

Erst vor seinem Auto, ließ er sie los. Für Ingrid war es ein schauderhaftes Gefühl. Einen Moment fühlte sie sich zurückgewiesen. Ein Gefühl der Resignation nahm Besitz vor ihr, das sogar Tristan bemerkte, bevor er den Schlüssel ins Zündschloß steckte.

„Stimmt etwas nicht?" wollte er von Ingrid wissen.

„Nein, alles in Ordnung."

„Wirklich? Du scheint mir heute so seltsam. Irgendwie verändert."

Verändert? In diesem Moment ergriff das schlechte Gewissen Besitz von ihr. Sie starrte Tristan entgeistert an.

Was hatte sie getan? Wie hatte sie sich nur so gehen lassen können? Neben ihr saß Tristan! Tristan, nicht Karl!

Während er Fahrt saß sie schweigend neben ihm. Von Zeit zu Zeit warf sie einen Blick auf den konzentriert wirkenden Fahrer, der sie so sehr an ihren verstorbenen Mann erinnerte.

In diesem Punkt unterschied Tristan sich von Karl. Der hatte beim Autofahren immer nervös und ängstlich gewirkt. Tristan hingegen saß souverän hinter dem Steuer. Ingrid hatte das Gefühl, es könnte keine Situation geben, der er nicht gewachsen war.

Am Rückspiegel hing ein kleiner Alf, der in jeder Kurve bewies, daß er einen eigenen Kopf hatte. Bog das Auto nach links, bewegte er sich nach rechts und umgekehrt. Karl hätte nie solchen Zierat im Auto geduldet. Er war der Meinung gewesen, daß man unnötig abgelenkt wurde.

Vor dem Haus, in dem Ingrid eine kleine Wohnung gemietet hatte, fand er sofort einen Parkplatz, direkt hinter ihrem roten Ford Fiesta.

Das war also das Ende des Abends, ein kleiner Abschiedskuß, vielleicht. Mehr nicht.

„Tristan, ich... ich..."

„Ja?"

„Wenn du willst, mach ich dir noch einen Kaffee."

„Nein, danke. Ich möchte heute Nacht nicht im Bett stehen."

„Einen Tee?"

„Auch nicht, danke."

„Ein Bier?"

„Ich muß doch noch fahren."

„Tristan, bitte! Ich hab keine Briefmarkensammlung, sonst würde ich anbieten, sie dir zu zeigen. Ich... ich habe Angst, allein zu sein. Nicht heute Nacht. Bitte!"

„Ich versteh nicht.... Sei mir nicht böse, ich halte das nicht für gut."

„Bitte", flehte Ingrid, wie sie noch nie gefleht hatte.

Tristan war überrascht. Einen Moment suchte er noch nach einer Ausrede, dann nickte er zustimmend: „Meinetwegen. Aber ich kann nicht lange bleiben."

Gemeinsam stiegen sie aus.

Tristan folgte Ingrid in die bescheiden eingerichtete Wohnung, in der es vor Andenken an ihren verstorbenen Mann nur so wimmelte.

Leif, ihr Arbeitskollege, hatte die Wohnung bei einem Besuch mit einem Museum verglichen. Hier wurde zwanghaft versucht, eine Erinnerung zu beschwören, die unwiderruflich dahin war.

Ingrid ließ Tristan keine Zeit, die zahlreichen Memorabilien zu betrachten. Zwar wunderte er sich, denn eine Wohnung wird meist geschmückt, um Besuchern zu zeigen, bei wem man zu Besuch war, aber eine Bemerkung machte er nicht.

Sie setzten sich um den Couchtisch: er in einen Sessel, sie auf die Couch. Noch im Setzen hatte Ingrid ein gerahmtes Foto, das auf dem Couchtisch stand, umgelegt, damit Tristan das Motiv nicht sehen konnte.

„Hier wohnst du also. Schön."

„Findest du?"

„Natürlich. Sehr ordentlich. Ich könnte das nie. Bei mir sieht es meistens aus, als wäre ein Tornado durchs Zimmer gerauscht." Er brachte es fertig, über seine eigene Kritik zu lachen. „Ich bin eben ein Chaot." Daß er Dienstboten beschäftigte, die dafür sorgten, daß das Chaos nicht überhand nahm, erschien ihm in diesem Moment nicht wichtig.

„Kann ich mir gar nicht vorstellen."

„Darf ich dich was fragen, Ingrid?"

„Natürlich."

„Warum wolltest du unbedingt, daß ich hierher komme?"

„Muß ich es noch sagen?"

„Na klar, das gehört doch zum Ritual."

„Ritual? Welches Ritual?"

„Ist dir noch nicht aufgefallen, daß wir seit der ersten Tanzstunde miteinander balzen?"

„Balzen?"

„Ich... Jetzt weiß ich nicht, wie ich mich ausdrücken soll. Ist das nicht komisch? Solange ich meine Gefühle hinter großen Worten verstecken kann, ist alles ganz einfach."

„Tristan."

„Ingrid."

Einen Moment starrten sie sich an. Noch hatte keiner gesagt, was der andere erhoffte. Noch war es Zeit, den scheinbar nicht mehr aufzuhaltenden Lauf der Dinge zu unterbrechen.

Ingrid und Tristan sprangen fast gleichzeitig auf.

„Ich muß jetzt gehen", behauptete Tristan.

„Es war ein Fehler", gestand Ingrid. Da sie gleichzeitig gesprochen hatten, verstanden sie kaum, was das Gegenüber sagte.

Da standen sie, nur wenige Zentimeter von einander entfernt, beide mit einem schlechten Gewissen. Ingrid, da sie genau wußte, daß sie Tristan nicht um seinerselbst willen liebte. Tristan, weil er das Gefühl hatte, daß Ingrid doch andere Gründe hatte, ihn in ihre Wohnung zu bitten, als die, die er erhofft hatte.

Sie standen und schauten sich an. und dann mußten sie lauthals lachen, ohne daß einer von ihnen einen Grund hätte nennen können.

„Ach, Tristan", seufzte Ingrid und warf sich dabei dem Mann so schwungvoll an den Hals, daß sie beiden auf den Sessel fielen.

„Heh, was ist denn?"

„Nichts, gar nichts", schluchzte die Frau.

„Du weinst ja."

„Tu ich nicht."

„Und ob. Schau mich mal an."

„Feucht schimmerte es um ihre braunen Augen.

Erst nahm er ihr die Brille ab, legte das empfindliche Gestell auf den Couchtisch, dann versuchte er mit seinen Fingerspitzen ihre Tränen zu trocknen.

„Du wolltest mir doch etwas sagen."

„Ist nicht so wichtig, Tristan." Sie griff nach seiner Hand.

„Bist du sicher?" Er lachte sie an. Sein Lachen so herzerfrischend, daß es ansteckend wirkte.

„Ich weiß nicht, was ich denken soll, Tristan."

„Dann denk einfach gar nichts. Sei du selbst. ich mag dich, so wie du..."

„Sprich weiter." Dabei führte sie seine Fingerkuppen an ihren Mund.

„Nein, ich hab schon zuviel gesagt."

„Ich kann es nicht oft genug hören. So etwas hab ich schon viel zu lange nicht mehr gehört."

Tristan nahm Ingrid einige Momente fest in die Arme. In dieser Zeit sprachen sie kein Wort. Er genoß es, Zärtlichkeit zu geben, sie genoß das Nehmen dieser Zuneigungsbezeugungen.

„Magst du mich, Ingrid?"

„Ich weiß es nicht."

„Du weißt... wie soll ich das verstehen?"

Ingrid löste sich aus seinen Armen und drehte sich weg von ihm. Mit gesenktem Kopf entgegnete sie: „So wie ich es gesagt habe. Ich weiß nicht, ob ich dich mag oder nur den Umstand, daß du mich jeden Moment an meinen verstorbenen Mann erinnerst." Sie nahm das Bild vom Couchtisch. Ihr Blick mied den seinen, während sie ihm das Bild gab, das sie noch vor wenigen Minuten hatte verbergen wollen. „Ich weiß es einfach nicht. Bitte, Tristan, sei mir nicht böse, aber..."

Er studierte das Bild, das einen bärtigen Mann zeigte. Die Ähnlichkeit, die für sein Gegenüber bestand, sah er nicht. „Warum sollte ich dir böse sein? Immerhin weiß ich jetzt, woran ich bin." Er legte das Bild auf den Tisch zurück.

„Ich habe dich verletzt."

„Nein... nicht sehr..."

„Doch, du kannst dich nicht verstellen. Das merk ich recht deutlich."

„Unfug... ich... ich muß jetzt gehen."

„Nein, Tristan, bitte nicht."

„Du verstehst nicht, Ingrid, wenn ich jetzt nicht gehe, dann..."

„Was dann? Wir sind doch erwachsene Menschen. Wir sind nur uns selbst gegenüber verantwortlich."

„Wenn es so einfach wäre."

Ingrid erkannte die Richtigkeit seiner Feststellung. Was erwartete sie eigentlich? In der wirklichen Welt waren die Menschen nicht so anständig wie in den Geschichten, die man sich gerne zur Unterhaltung gönnt. Blieb Tristan, würde wohl kaum ein Weg am Bett vorbei führen. Sie fürchtete sich davor und sehnte es doch herbei. Ihr Körper verlangte nach Befriedigung eines Verlangens, das sie nie hätte in Worte fassen können.

„Tristan, ich habe Angst."

„Vor mir?"

„Vor meinen eigenen Gefühlen, vor meinen Sehnsüchten, vor meinem eigenen Verlangen. Kannst du das verstehen?"

„Ich... ich muß aufs Clo." Er sagte das in einem trockenen, sachlichen Ton, der bei Ingrid ein Lachen verursachte.

Sie lauschte den Geräuschen, die sein Toilettenaufenthalt verursachte. In ihr drängte alles, aufzustehen und vor der Tür auf ihn zu waren. Nur so hätte sie verhindern können, daß er die Gelegenheit zur Flucht nützte. Flucht. Allein der Gedanke daran, ließ Ingrid schaudern. Sie war nervös.

Nervös, wie in der Nacht, in der sie Karl zum ersten Mal geküßt hatte. Damals, als sie seinem Charme erlegen war. In einer Metrostation. In Paris.

Der Mann ließ sich Zeit, bevor er zu ihr zurückkehrte. Diese Zeit nutzte er, um die vielen Fotos zu studieren. Meist zeigten sie Ingrids verstorbenen Mann, nur selten war auch Ingrid zu sehen. Da waren Bilder aus Paris, Bilder einer Hochzeit, Karl vor einem Zirkus, in München, in Landsberg, auf Neuschwanstein, in einem Vergnügungspark und und und. Ingrid mußte zahllose Erinnerungen an ihren Mann haben.

Tristan war sich seiner eigenen Gefühle sicher. Ingrid faszinierte ihn. Er war bereit, eine Nische in seinem Leben für sie einzurichten. Aber das Alter, in dem man sich Hals über Kopf in eine Beziehung stürzt, war lange vorbei.

Er wollte Ingrid wollte, aber er wußte nicht, ob seine Gefühle stark genug waren, um ertragen zu können, nur als das Bild geliebt zu werden, das sie sich von ihm machte.

Tristan kehrte ins Zimmer zurück. Er nahm auf der grüngepolsterten Couch Platz, wenige Zentimeter neben Ingrid.

„Es gibt Dinge, über die kann ich nicht reden", begann Tristan.

„Das geht mir nicht anders."

„Obwohl ich weiß, daß alles viel leichter wäre, wenn ich nur den Mut aufbringen würde, darüber zu sprechen."

Seine Worte verstärkten Ingrids Angst. Verschwieg er ihr etwas? Oder konnte er das aussprechen, was sie ihm selbst - noch - nicht sagen konnte?"

Verschwieg er ihr eine andere Frau? Oder... noch schlimmer... einen Mann? Nein, das konnte nicht sein. So sehr konnte sie sich in Tristan nicht geirrt haben. Obwohl... war da nicht manchmal eine etwas weibliche Art, die Hüfte beim Tanzen zu bewegen? Spreizte er nicht immer den kleinen Finger ab, wenn er ein Glas in der Hand hielt? Tristan - schwul?

„Hier sitzen wir, erwachsene Menschen und bringen kein vernünftiges Wort heraus. Manchmal frage ich mich, warum wir Menschen der Sprache mächtig sind, wenn wir sie nicht beherrschen können."

Ingrid nickte zustimmend.

„Hier sitz' ich und laber' dich voll, anstatt dir zu sagen, daß du die schönsten braunen Augen hast, die ich je gesehen habe."

„Stimmt das?"

„Wenn ich es sage. Aber das ist noch lange nicht alles. Du hast den schönsten Mund, den je eine Frau gehabt..." Als wären ihm seine eigenen Worte peinlich, verschluckte er das Ende des Satzes.

Ingrid war fasziniert. Ein schüchterner Mann! Karl war der einzige Mann in ihrem Leben gewesen, deshalb wußte sie nicht, ob sich alle Männer so anstellten wie er. Bereits beim ersten Wiedersehen hatte sie bei ihm übernachtet, in seinem Bett. Und nichts war geschehen. Drei Wochen lang war nichts geschehen. Und dann... der Himmel auf Erden. Alle Posaunen, Schalmeien und Harfen, die jemals gefertigt worden waren, hatten ein Jubellied angestimmt. So schön wie an jenem ersten Abend war es danach nie wieder, wenn es auch immer wieder schön war.

Ohne einen überflüssigen Moment zu überlegen, beugte sie sich zu Tristan und drückte ihm einen schüchternen Kuß auf die geschlossenen Lippen.

Eine Sekunde zögerte er, dann legte er seine zitternden Arme um die Frau und erwiderte den Kuß, der sich zu einem leidenschaftlichen Crescendo steigerte.

„Oh, Tristan", entfleuchte Ingrid ein kleiner Seufzer. Es gab doch Punkte, in denen er sich von Karl unterschied. Er küßte... anders. Sie hätte es nicht beschreiben können, aber es war deutlich anders. Dabei war sie immer der Meinung gewesen, daß ein Kuß ein Kuß war, der sich von Mann zu Mann nicht unterscheiden konnte. Wenn schon der Kuß anders war, wie würde dann erst... Sie schauderte und freute gleichzeitig.

„Ich hab' dich gern, Ingrid, sehr gern", preßte er mühsam hervor.

„Ich weiß." antwortete sie trocken, bevor ihre Lippen wieder die seinen suchten.

...

„Was ist..?" Tristan fuhr erschrocken auf. Nach einen Moment der Orientierungslosigkeit wußte er, wo er war. Müde rieb er sich die Augen.

„Tut mir leid, ich wollte dich nicht wecken." Ingrid stand angezogen in der Wohnzimmertür. In ihrer Hand hielt sie eine schlanke Kaffeetasse, deren Rosa von oben nach unter in ein blasses Elfenbeinweiß überging.

„Wie spät ist es denn?"

„Kurz nach neun."

„Nein? Wie kannst du um diese Zeit schon wach sein?"

„Wenn man jeden Morgen um sechs aufsteht, ist neun gar nicht so früh."

Tristan nahm die Beine von der Couch.

„Daß ich überhaupt schlafen konnte, grenzt an ein Wunder. Wo hast du geschlafen?"

„Direkt neben dir. Willst du einen Kaffee?"

„Wenn sich das machen läßt."

„Natürlich." Ingrid verschwand kurz. Als sie wiederkam, trug sie ein Tablett, auf dem die für Kaffee üblichen Zutaten standen. Die für Tristan vorgesehene Tasse war am oberen Rand von hellblauer Farbe, die unten dem gleichen Elfenbeinweiß gewichen war, das auch Ingrids Tasse aufwies.

„Mit Milch und Zucker?"

„Nur Zucker."

Ingrid goß ihm ein.

„Danke." Er nahm die Tasse aus ihrer Hand. Dabei berührten sich für einen Moment ihre Finger. Es war ein Moment, der länger als notwendig dauerte. „Ah, das tut gut. Wir haben tatsächlich zusammen auf dieser Couch geschlafen? Ist das dein Ernst?"

„Hätte ich dich allein lassen sollen?"

„Nein." Er stellte die Tasse beiseite. „Nie."

Ihre Lippen trafen sich zu einem leidenschaftlichen Kuß.

Wie immer waren die grüngekleideten Polizeibeamten auch diesmal zu zweit erscheinen. Sonja wartete bereits vor der Tür auf die beiden Männer, deren Augen anzusehen war, daß sie für heute eigentlich genug hatten. Kurz nach Dienstantritt hatten sie einen Familienkrach schlichten müssen, danach zwei Autounfälle, einen Raub. Zahlreiche Seiten Protokoll hatten ihre Nerven bereits erheblich angegriffen. Dazu kam ein Dienstplan, der ihnen nur acht Stunden Pause zwischen den Einsätzen gegönnt hatte und ein hastig heruntergeschlungenes Mittagessen, das schwer im Magen lag.

„Haben Sie angerufen?"

„Ja. Meine Freundin meldet sich seit drei Wochen nicht. Ich habe Angst, daß ihr etwas passiert ist."

„Vielleicht ist sie nur für einige Tage weggefahren."

„Auf keinen Fall. Schon wegen ihrer Blumen hätte sie mir Bescheid gegeben. Jemand muß die armen Kleinen ja gießen."

„Hatten Sie Streit?"

„Nein. Ich habe auch mit den Nachbarn gesprochen. Niemand hat sie gesehen. Ich mache mir Sorgen."

„Erfahrungsgemäß tauchen die meisten Verschollenen nach einigen Wochen wieder auf. Meist wollten sie nur vollkommen abschalten."

„Sie kennen Adelheid nicht. Außerdem hat ihr Arzt sie gewarnt."

„War sie krank?"

„Übergewichtig. 120 Kilo."

„Eine ganze Menge." Die beiden Beamten hatten gut reden. Bedingt durch ihre Lebensweise waren sie außerordentlich schlank, ja, man hätte sie sogar als dürr bezeichnen können.

„Und was wollen Sie, daß wir tun?"

„Können Sie nicht in die Wohnung schauen?"

„Haben Sie einen Schlüssel? Ach ja, Sie haben keinen, haben Sie gesagt, nicht wahr?"

„Sonst hätte ich Sie doch nicht angerufen."

„Hat die Wohnung einen Balkon?"

„Nein."

„Schade." In diesem Fall hätte man vielleicht versuchen können, von der Nachbarwohnung über den Balkon in die Wohnung zu gelangen. „Wissen Sie, das ist nicht so einfach. Wenn Ihrer Freundin nichts passiert ist, begehen wir unter Umständen einen Einbruch."

„Bitte. Ich mache mir wirklich große Sorgen."

Die Polizisten schauten sich an, dann ging einer wieder die Treppe hinunter.

„Mein Kollege ruft einen Schlüsseldienst", erklärte der zurückgebliebene Beamte. „Das kann einige Minuten dauern. Wohnen Sie hier im Haus?"

Sonja schüttelte den Kopf.

Der Polizist entnahm der Innentasche seiner Uniformjacke einen Notizblock samt Kugelschreiber.

„Bis mein Kollege wiederkommt, können Sie mir vielleicht etwas über Ihre Bekannte erzählen."

„Sie heißt Adelheid Neumann. 48 Jahre alt. 120 Kilo schwer. Braune Haare."

„Verheiratet?"

„Witwe. Keine Kinder."

„Beruf?"

„Sie hat eine gute Rente."

„Sind Ihnen im Verhalten Ihrer Bekannten in letzter Zeit Veränderungen aufgefallen."

„Nein. Das heißt, doch. Wir machen zur Zeit einen Tanzkurs."

„Hat sie dort einen Mann kennengelernt?"

„Ja, aber der hat bereits letzte Woche gesagt, daß er auch nichts von ihr gehört hat."

„Wie heißt dieser Mann?"

„Hermann."

„Und wie weiter?"

„Das weiß ich nicht. Um ehrlich zu sein, ich hab' noch nie darauf geachtet. Aber in der Tanzschule wird man Ihnen das sagen können."

„Und wie heißt diese Tanzschule?"

„Die Polizei?" Karla errötete. „Was kann ich für Sie tun?" Die beiden Beamten standen mit den Mützen unter den Armen im Eingangsbereich der Tanzschule. Sie hatten sich bei Karla, die Eingangsdienst hatte, angemeldet.

Der Chef gab den beiden Männern die Hand.

„Was kann ich für Sie tun?" wiederholte er Karlas Frage.

„Wir gehen einer Vermißtenmeldung nach. Eine von Ihren Tanzschülerinnen ist ohne Hinweis verschwunden. Unter Umständen weiß einer Ihrer Schüler etwas über den Aufenthaltsort der Dame."

„Selbstverständlich bin ich gerne bereit, Ihnen zu helfen. Wir verlieren nur sehr ungern Tanzschülerinnen. Können Sie mir sagen, an welchem Tanzkurs die Dame teilgenommen hat?"

Einer der Beamten zückte sein Notizbuch. „Es ist der Freitagabendsinglekurs."

„Karla, das ist doch dein Kurs."

„Allerdings."

„Ruf die Teilnehmerliste mal auf."

Ihre schlanken Finger huschten über die Tastatur des vor ihr stehenden Personal-Computers.

„Wie heißt die Dame?" wollte sie von den Beamten wissen.

„Neumann, Adelheid."

„Laut Computer war sie bereits drei Wochen nicht mehr im Kurs. Ja..." Nachdenklich lehnte sie sich zurück. „Ich glaube, ich weiß, wer das ist."

„Ich sehe, ich werde hier nicht mehr gebraucht. Oder etwa doch?"

„Nein."

„Gut, dann entschuldigen Sie mich bitte. Ich habe einen Kurs zu leiten."

„Selbstverständlich." Der Tanzschulleiter verschwand in Saal 1, dem größten der Tanzsäle.

„Sie haben gesagt, Sie könnten sich an Frau Neumann erinnern."

„Und ob. Ein Fleischberg, wenn ich so sagen darf. Ich glaube, sie ist mit einer Bekannten im Kurs, die ebenso gebaut ist."

„Das entspricht den uns vorliegenden Informationen. Können Sie sich noch an etwas anderes erinnern? Hat Frau Neumann einen ständigen Tanzpartner?"

„Tut mit leid", ihre Gesichtshaut kehrte wieder zu dem durchschnittlichen rosigen Farbton zurück, „darauf achte ich nicht. Wissen Sie, für die Teilnehmer ist der Kurs oftmals das wichtigste Erlebnis in der Woche, für mich sind das meistens aber nur irgendwelche Gesichter."

„Verstehe. In Ihrem Kurs müßte ein Mann sein, der Hermann heißt. Können Sie dessen Nachnamen feststellen?"

„Einen Moment. Hier. Hermann Müller."

„Seine Anschrift?"

Karla nannte die Adresse. Auf die unvermeidliche Frage nach der Beschreibung des Mannes entgegnete sie: „Wenn ich mich recht erinnere: unauffällig. Ungefähr 50 Jahre alt."

„Besondere Kennzeichen?"

„Nein. Aber das können Ihnen sicher die Kursteilnehmer sagen."

„Eventuell werden wir darauf zurückkommen. Vorläufig genügt uns aber was wir haben. Vielen Dank."

Die beiden Beamten gingen.

Karla faltete die Hände vor dem Gesicht und starrte lange und nachdenklich die ihr gegenüber gelegene Wand an.

„Wir haben leider keine beruhigenden Nachrichten für Sie, Frau Schulz.“ Die Beamten standen in Sonjas Wohnzimmer.

„Nehmen Sie doch Platz.“

„Danke.“

„Kann ich Ihnen etwas anbieten? Einen Kaffee vielleicht. Ich habe eben erst einen aufgebrüht.“

„Da sage ich nicht Nein.“

„Und Sie?“

„Auch nicht.“

Sonja kam wenige Augenblicke später mit der gefüllten Kaffeekanne aus der Küche zurück. Kaffeesahne und Zucker standen bereits auf dem Tisch. Dem großen Schrank, der das Wohnzimmer beherrschte, entnahm sie goldgerändete Tassen..

„Also, wie gesagt, wir haben keine guten Nachrichten.“

„Ist ihr was passiert?“

„Das wissen wir nicht. Sie haben nichts von ihr gehört?“

„Nein.“

„Bisher ist uns nur bekannt, daß der Tanzpartner von Frau Neumann, ein Herr Müller, nicht unter der in der Tanzschule gespeicherten Adresse wohnhaft ist.“

„Nein!“ Fassungslos starrte sie die Polizisten an.

„Leider doch. Das bedeutet sicher nichts Gutes. Im Moment sind die Kollegen der Spurensicherung in Frau Neumanns Wohnung. Es besteht leider der dringende Verdacht, daß Frau Neumann etwas zugestoßen ist.“

„Und dieser Hermann hat etwas damit zu tun.“

„Das wissen wir nicht, aber es ist nicht auszuschließen. Trotzdem sollten Sie sich aber keine all zu großen Sorgen machen. Vielleicht waren die Angaben, die im Computer der Tanzschule gespeichert waren, nicht korrekt. So etwas kommt vor.“

„Glauben Sie das?“

„Wir haben schon alles erlebt. Was wissen Sie über die Vermögenslage Ihrer Freundin?“

„Sie war gut. Ihr Mann hat ihr eine ganze Menge Geld hinterlassen und dann war da noch die Rente.“

„Wissen Sie etwas von Sparbüchern oder so?“

„Ich glaube, Sie hatte mehrere Sparbücher, aber genau weiß ich es nicht.“

„Danke. Ich glaube, das genügt für heute.“

Die Tanzschüler hatten gerade begonnen, einen Langsamen Walzer zu tanzen, da ging die Tür auf und drei Herren traten ein. Der erste, den eine autoritäre Aura umgab, trug ein lässiges Blouson, dessen Reißverschluß nur halb geschlossen war.

Ajax und Karla waren sofort bei den Herren, sprachen einige Momente aufgeregt mit ihnen, dann kehrte zur Steuerpult zurück und brach den Musiktitel ab.

„Das ist Inspektor Jelzin von der Polizei", stellte die erbleichte Karla den Herrn vor. Der machte eine abwiegelnde Handbewegung, bevor er selbst anfing zu sprechen. Seine Stimme verfügte über genügend Resonanz, um nicht auf das Mikrofon angewiesen zu sein.

„Hör'n Sie mir mal zu. Die Tanzstunde ist für heute beendet. Heute spielen wir Trivial Pursuit. Ich stelle die Fragen und sie antworten."

Gebrummel hob an. Ajax schnippte nervös mit den Fingern.

„Wem diese Spielregeln nicht gefallen, der begleitet mich nachher aufs Revier. Ist das klar? Gut, ich wußte doch, wir haben es mit vernünftigen Menschen zu tun. So, jetzt pflanzen Sie ihre Ärsche irgendwohin. Worauf warten Sie noch?! Bewegung! Und Sie hören gefälligst mit der Schnipperei auf!"

Erst nachdem auch der letzte seiner Aufforderung nachgekommen war, sprach er weiter. Dabei durchquerte er den Tanzsaal wie ein Löwe seinen Käfig. Mal von links nach rechts, dann von rechts nach links. Nur wenn er das Gefühl hatte, etwas Besonderes unterstreichen zu müssen, blieb er kurz stehen, setzte aber gleich darauf seinen Weg fort.

„Meine Kollegen gehen jetzt rum und teilen Photos an sie aus. Die schauen sie sich in Ruhe an." Er blieb stehen. „Noch Fragen?" Einige Minuten setzte er seinen Weg unbeirrt fort.

„Ich fang jetzt einfach mal bei Ihnen an." Vor ihm saß eine ältere Frau, die meist durch ihr ewiges Lächeln auffiel. Auch jetzt konnte sie sich ein Lächeln nicht verkneifen.

„Wer sind Sie?"

„Walter, Bettina Walter."

„Kennen Sie die Frau auf dem Photo?"

„Nein. Eigentlich nicht.“

„Was soll das heißen?“

„Nun, Sie war drei oder vier Mal hier. Aber richtig kennen tu ich sie nicht.“

„Haben Sie mit ihr gesprochen?“

„Nein, warum auch?“

„Und Sie?“ Die Frage galt dem graumelierten Zybynek.

„Ich auch nicht. Glauben Sie, ich gebe mich mit so fetten Weibern ab?“

„Besser fett, als dürr wie ein Skelett“, schrie Sonja erbost.

„Sie sind ruhig.“

Ingrid und Tristan waren die nächsten Opfer des Polizisten.

„Nein“, sagte Ingrid und schloß dabei Ihre Hand noch fest um Tristans. „Die Frau ist mir kaum bekannt.“

„Und Ihnen?“

„Mir? Ich hab' nie mit ihr getanzt, wenn Sie das meinen. Sie hat mit einem Mann getanzt, der heute nicht da ist.“

„Können Sie ihn beschreiben?“

„Ich glaube, er ist so um die fünfzig. Gut angezogen.“ Er überlegte noch einige Momente, bevor er bedauerte. „Tut mir leid, mehr kann ich nicht sagen.“

Eine dunkelhaarige Frau, die ihre gute Figur in schlecht sitzender Kleidung und ihr nicht unattraktives Gesicht hinter viel zu dick aufgetragener Schminke verbarg, war die nächste beim Frage- und Antwortspiel.

„Können Sie den Mann besser beschreiben?“

„Ich bin sicher, daß er viel älter ist. Mindestens sechzig.“

„Wie groß?“

„Vielleicht einsfünfzig.“

„So klein war er sicher nicht“, mischte sich ihr Tanzpartner, Jörg-Heinrich, ein. „Mindestens einsachtzig, wenn Sie mich fragen.“

„Na wunderbar. Sie sind mir vielleicht Zeugen.“ Er wußte genau, daß er nichts anderes erwarten konnte. Sogar Polizisten, die das Beobachten während ihrer Ausbildung lernten, gaben schlechte Zeugen ab. Das hatten Test gezeigt. Lenkte man die Aufmerksamkeit vom zu beobachtenden Gegenstand ab, konnte man von fünf Personen zum Beispiel fünf verschiedene Beschreibungen eines Autos bekommen. Darunter waren meist mindestens drei verschiedene Farben.

„Wenn Sie mir ein Stück Papier haben, kann ich Ihnen vielleicht eine Skizze dieses Mannes machen", meinte Rosalind.

Der Polizist war skeptisch, aber durch ein Fingerschnippen machte er Karla klar, daß sie diesem Wunsch sofort nachkommen sollte.

Die Blonde kramte einige Momente in den Papieren auf dem Steuerpult, dann gab sie mit einem resignierten Blick die Anwesenheitsliste an Ajax weiter. Der brachte sie Rosalind.

Neugierig stand Inspektor Jelzin neben Rosalind, die mit einem Kugelschreiber die Rückseite der Anwesenheitsliste bemalte.

Bereits nach wenigen Strichen war klar, daß Rosalind tatsächlich ein Gesicht zeichnete, das man auch als solches erkennen konnte.

„Nicht schlecht", brummte der Inspektor.

„Machen Sie's besser", gab die Künstlerin zurück.

Mit einem deutlichen Naserümpfen nahm er ihr das Blatt aus der Hand.

„Ist er das?" Dabei hielt er Ajax das Bild unter die Nase.

„Ja, das ist er, wenn ich mich nicht irre."

„Ja oder nein?"

Ajax zuckte mit den Schultern. „Wissen Sie, ich hab' mit so vielen Menschen zu tun..."

„Und Sie..?"

„Ja, das könnte er sein."

„Danke für das ‚könnte'", moserte Rosalind.

„Halten Sie die Klappe. Was meinen Sie?" Der Inspektor zeigte das Bild einem älteren Mann, dessen Haar bereits stark gelichtet war.

„Ich weiß nicht. Vielleicht..." Er entnahm der Innenseite seinen karierten Jacketts eine breitgeränderte Brille. „Ja, das sieht ihm ähnlich."

„Sieht ihm ähnlich", äffte Rosalind nach.

Ingrid und einige andere waren sich da schon sehr viel sicherer. Aber erst Sonja bestätigte die Portraitähnlichkeit.

„Na wunderbar. Das ist ja immerhin etwas. Weiß einer von ihnen etwas über diesen Mann?"

Betroffenes Schweigen war die Antwort. Wie immer, wenn mehrere Menschen zusammen kommen, hatte es auch hier Grüppchen gegeben, die die Pausen stets zusammen verbrachten. Hermann war klug genug gewesen, sich nur auf eine Person zu konzentrieren.

„Ich sehe, so kommen wir nicht weiter. Meine Kollegen werden jetzt Ihre Personalien aufnehmen. Keiner von Ihnen darf in den nächsten Tagen die Stadt verlassen."

„Aber ich habe meinen Urlaub gebucht", jammerte jemand.

„Keiner!" Jelzins Tonfall machte deutlich, daß es ihm ernst war.

„Hier wohnst du?" Ingrid kam sich plötzlich ganz klein vor. Tristans Wagen stand vor einer kleinen Villa am Rande der Stadt. Einige Meter hinter ihnen schloß sich langsam das große Eisentor.

„Wundert dich das?"

„Schon." Sie hatte sich zwar nie Gedanken darüber gemacht, aber mit dem selben Automatismus, mit dem sie immer mehr Ähnlichkeiten zwischen Karl und Tristan entdeckt hatte, war in ihr die Gewißheit gewachsen, daß er wie Karl zum Zeitpunkt ihres überraschenden Kennenlernens in Paris in einer kleinen möblierten Wohnung lebte. Eine Villa war das letzte, was sie erwartet hatte.

„Gefällt es dir?"

„Gefallen? Ich war noch nie in einer Villa."

„Dann komm' rein und fühl' dich wie zu Haus'."

Staunend schaute sie in alle Zimmer, zu denen die Türen offenstanden. Alle waren ordentlich aufgeräumt und mit wertvollen Designermöbeln ausgestattet.

„Hast du nicht mal gesagt, daß du keine Ordnung halten kannst?"

„Kann ich auch nicht. Aber wozu gibt es Putzfrauen?"

„Oh." Verwirrt ließ sie sich auf der Wildledercouch nieder.

„Ich nehme an, du willst was trinken?"

„Auf den Schreck? Natürlich. Hast du einen Whiskey?"

„Natürlich. Scotch oder Irish?"

„Scotch."

Er entnahm einer verglasten Vitrine einen unscheinbare Falsche und zwei Gläser.

„Der kommt aus einer kleinen schottischen Destille. Ich laß mir jedes Jahr einige Flaschen schicken."

„Kein Eis."

„Bravo. Du weiß was gut ist."

Ingrid nahm einen kräftigen Schluck. „Ooh." Sie stellte das Glas ab und fächelte sich mit einer Hand Luft an den Mund. „Das ist ja phantastisch. So ein Aroma hab' ich noch nie geschmeckt."

„Das hoffe ich." Zufrieden lehnte er sich in die Polster zurück.

„Tristan?"

„Ja?"

„Glaubst du, man kann mehr als einen Menschen lieben?“

„Warum nicht? Irgendwo hab' ich mal gelesen, Liebe sei wie ein Baum, dessen Blüten immer wieder neu blühen.“

„Was empfindest du für mich?“

„Hältst du diese Frage für fair?“

„Ja", beharrte sie trotzig und unterstrich ihre Ansicht mit einem herzhaften Schluck.

„Du weißt doch längst, daß du mir nicht gleichgültig bist.“

„Nur ‚nicht gleichgültig'?“ Ingrid schob sich näher an Tristan heran.

„Reicht das nicht?“

„Nein.“ Sie leerte das Glas und goß sich noch einmal ein.

„Was willst du hören?“

„Daß du mich liebst! Richtig liebst!“ Sie leerte das Glas und kuschelte sich dann an Tristan. Dabei wirkte sie wie ein junges Kätzchen, das auf der Suche nach der mütterlichen Wärme ist.

„Natürlich hab' ich dich gern.“

„Ich dich auch“, sagte sie fröhlich.

„Ist das nicht toll?“

„Ganz toll.“

„Schenkst du mir noch einen ein?“

„Du schluckst ja nicht schlecht.“

„Nur wenn ich will.“

„Ich glaube, vorläufig reicht es.“

„Ich will lustig sein“, beharrte sie trotzig.

„Mir bist du lustig genug.“

„Ja? Das muß ich im Geschäft sagen. Die halten mich alle für einen Trauerkloß. Kannst du dir das vorstellen?“

„Nein, eigentlich nicht.“

„Gib mir einen Kuß.“

Er preßte ihr einen kurzen Kuß auf die Wange.

„Soll das ein Kuß sein?“

„Du bist beschwipst.“

„Unfug!“ entrüstete sie sich. „Ich bin nüchtern. Ganz nüchtern.“

„Was hältst du eigentlich von der Sache mit unserer Dicken?“

„Ich möchte nicht daran denken.“

Tristan nahm Ingrid fest in seinen Arm. Das war es also. Der Gedanke, daß sie an Stelle der Neumann hätte sein können. Der Inspektor hatte zwar nur von ihrem Verschwinden gesprochen, aber man kannte solche Sachen ja. Nachdem der Inspektor gegangen war, waren die wildesten Spekulationen geäußert worden.

Im Auto hatten sie nicht darüber gesprochen, aber ihre Gedanken kreisten trotzdem um dieses Thema.

„Tristan?"

„Ja?"

„Bist du gut im Bett?"

„Wie kommst du darauf?"

„Mehr als zweimal?"

„Ich versteh' nicht ganz."

„Rosalind hat zu mir gesagt, sie könnte nur einen Mann lieben, der mehr als zweimal gut im Bett ist. Wie ist das bei dir?"

„Zeugnisse hab' ich keine, wenn du das meinst. Beschwert hat sich jedenfalls noch keine."

„Möchtest du mir mit schlafen?"

„Bitte?"

„Ich möchte mit dir schlafen."

„Aber nicht heute. Ich glaube, für heute war es genug."

„Ich bin gar nicht müde."

„Aber ich. Laß uns ins Bett gehen."

„Au ja." Sie sprang auf, ließ sich aber gleich wieder in die Lederkissen sinken. „Hui. Mir ist schwindelig."

„Das glaub' ich. Wann hast du das letzte Mal Whiskey getrunken?"

„Ich weiß nicht... Schon lange her."

„Wenn ich das gewußt hätte, hätte ich die Flasche gar nicht erst `rausgeholt."

„Du bist gar nicht lustig."

„Es reicht ja, wenn du lustig bist. Komm!" Er half ihr auf die Beine. Auf dem Weg ins Schlafzimmer mußte er sie mehr ziehen, als daß sie selbst ging.

...

Als Ingrid am nächsten Tag erwachte, wußte sie zunächst nicht, wo sie war. Die Umgebung war ihr so fremd, daß sie einen kalten Schauer über ihren Rücken rieseln fühlte. Mühsam versuchte sie ihre Erinnerung zurück zu gewinnen. Es gelang ihr nur teilweise.

Gestern abend, wenn es gestern abend gewesen war, noch nicht einmal da war sie sich sicher, gestern abend war sie mit Tristan im Tanzkurs gewesen. Und dann? Dann waren sie gemeinsam zu seinem Auto gegangen. Die weiteren Erinnerungen verschwammen im Nebel, der sich hinter einem Vorhang aus abscheulichen Kopfschmerzen zeigte.

Im Tanzkurs war irgend etwas passiert. Ja, richtig. Eine Tanzschülerin war verschwunden. Ingrid erinnerte sich noch daran, daß sie in Tristans Auto gestiegen war. In ihrer eigenen Wohnung war sie nicht, soviel war sicher. War es vielleicht seine?

Mühsam schob sie sich aus dem Bett. Erst jetzt fiel ihr auf, daß ihre Oberbekleidung auf dem Bett lag. An ihrem Körper trug sie nur die Unterwäsche und die Strumpfhose, in der sich eine lange Laufmasche zeigte.

Da der Boden unter ihren Beinen bockig wie ein nicht zugerittenes Pferd war, setzte sich sich zum Anziehen auf das Bett. Das Schwindelgefühl ließ auch nicht nach, nachdem sie ihre Brille aufgesetzt hatte, die sie auf dem Nachttisch fand. Die Schuhe, die vor dem Bett standen, nahm sie in die Hand. Im Moment schien es ihr sicherer, den Boden direkt und nicht auf dem Umweg über die Schuhe zu spüren.

In der einen Hand die Schuhe, die andere Hand entweder am schmerzenden Kopf oder an einer einstürzenden Wand, tastete sich sich langsam vorwärts.

Einige Türen von dem Raum entfernt, in dem sie aufgewacht war, entdeckte sie Tristan, der auf der Wildledercouch schlief.

Sie beobachtete ihn aus einiger Entfernung. Dabei mußte sie unwillkürlich lächeln.

Fest stand, sie wußte nicht, woher ihre Kopfschmerzen kamen. Fest stand außerdem, daß sie bei Tristan war. Offensichtlich war in der Nacht nichts geschehen, was sie in ihren Erinnerungen vermissen würde. Ansonsten hätte sie wohl kaum ihre Unterwäsche getragen und Tristan hätte sich sein Nachtlager nicht auf der Couch zurechtgemacht.

Sie mußte lächeln, als ihr bewußt wurde, daß Tristan bereits zum zweiten Mal auf einer Couch geschlafen hatte, als er die Gelegenheit gehabt hätte, bei ihr und mit ihr zu schlafen. Konnte ein solcher Mann überhaupt wahr sein? Oder war er vielleicht ein Märchenprinz, der zu ihr geschickt worden war, damit sie ihren Kummer über Karls Dahinscheiden vergessen konnte?

Einen Moment spielte sie mit dem Gedanken, die Wohnung zu verlassen, um die ihr peinliche Situation zu beenden. Ja, das war die richtige Entscheidung. Sie zog die Schuhe an. Später am Tag würde sie Tristan anrufen und ihm ihr Verhalten erklären.

In diesem Moment hörte sie Schritte im Haus. Sie war nicht allein! Außer Tristan war noch eine andere Person im Haus.

Ein leises, diskretes Hüsteln versetzte ihr einen Schreck, der sie fast zu Boden gestreckt hätte.

„Tut mir leid, ich wollte Sie nicht erschrecken." Hinter ihr stand eine Ältere, etwas rundliche Frau, die sie freundlich mit geröteten Backen angrinste.

„Schon gut." Ingrid fiel ein, daß sie ihre Anwesenheit vielleicht erläutern sollte. „Ich..."

„Sie sind Frau Carsten, nicht wahr?"

„Woher wissen Sie das?"

„Herr Thiel hat von Ihnen gesprochen."

„So?"

„Darf ich fragen, was Sie zum Frühstück wünschen?"

„Frühstück?" Erst als das Wort fiel, wurde ihr bewußt, wie hungrig sie war. Aber im selben Moment meldeten sich in ihr Zweifel, ob ihr Magen mit einer Mahlzeit einverstanden sein würde.

„Kaffee oder Tee?"

„Sie nimmt Kaffee, mit zwei Dragees Süßstoff, ohne Milch. Nicht wahr, Liebling?" Tristan stand plötzlich neben ihr. Er legte seine Arme um die Blondine und gab ihr gleichzeitig einen Kuß auf die Wange.

„Tut mir leid, Herr Thiel, ich wollte Sie nicht wecken."

„Schon recht, Felicitas. Es war eh Zeit aufzustehen."

Felicitas nickte und verschwand durch eine Tür, die geschlossen war, als Ingrid an ihr vorüber gegangen war.

„Hast du gut geschlafen?" wollte Tristan wissen, während er Ingrid in das Wohnzimmer führte. Bevor sie sich setzten, warf Tristan die Bettwäsche hinter die Couch. Felicitas würde sie später wegräumen.

„Es geht. Ich hab' Kopfschmerzen."

„Das kommt vom Whiskey. Wenn ich gewußt hätte, daß du nichts verträgst, hätte ich die Flasche nie herausgeholt"

„Whiskey? Oh ja, ich ich erinnere mich. Dunkel jedenfalls. Das Verschwinden von Frau Schulz ist mir an die Nieren gegangen."

„Das hab' ich gemerkt."

„Warum hast du eigentlich auf der Couch geschlafen?"

„Warum nicht?" fragte er in aller Unschuld zurück.

„Ach, nur so.“

„Du siehst ganz reizend aus.“

„Von wegen. Ich bin zerzaust und garantiert völlig bleich.“

„Trotzdem siehst du reizend aus. Die meisten Frauen sehen nach dem Aufstehen aus, wie ein Stück angekautes Fleisch. Du nicht.“

„Soll das ein Kompliment sein?“

„Eigentlich schon.“

„Danke. Tut mir leid, Tristan. Ich glaube, ich habe keine Übung im Erkennen von Komplimenten. Und schon gar nicht bei meinen Kopfschmerzen.“

„Wenn du erst was im Magen hast, wird es dir besser gehen.“

„Glaubst du?“

„Natürlich. Du hast einen kleinen Kater, mehr nicht.“

Felicitas kam mit einem Servierwagen in das Zimmer. Auf dem Wagen befand sich alles, was zu einem guten Frühstück gehört: Brot, Konfitüren, Wurst, Käse, Milch, Müsli und die üblichen Kaffeeutensilien.

„Wünschen Sie noch etwas? Eier vielleicht?“

„Nein“, schauderte Ingrid.

„Ich glaube, heute nicht. Danke, Felicitas.“

„Bitte, Herr Thiel.“ Sie verließ das Zimmer.

„Was machen wir heute?“

„Ich muß einkaufen. Und meine Wohnung aufräumen. Samstag ist Putztag. Unter der Woche hab' ich ja kaum Zeit dafür.“

„Wunderbar. Selbstverständlich helf' ich dir.“

„Das ist doch nicht notwendig. Ich schaff' das alleine.“

„Aber du mußt es nicht allein machen. Und was kommt dann?“

„Ich weiß nicht.“

„Was hältst du davon, wenn wir einfach wegfahren.“

„Wohin?“

„Zum Beispiel an den Starnberger See. Ich hab' dort ein kleines Ferienhaus.“

„Wegfahren? Einfach so?“

„Einfach so? Wenn du wüßtest, wie lange ich nicht mehr weg war. Ab und zu mal einen Waldspaziergang. Mehr war nicht drin. Um ehrlich zu sein, ich hab' mich ziemlich ins Geschäft gestürzt.“

„Was für ein Geschäft? Wenn ich mir's recht überlege, hast du mir überhaupt noch nicht viel über dich erzählt.“

„Das holen wir nach. Nun, was hältst du von meiner Idee?“

„Ich weiß nicht. Später, ja?“

„Ganz wie du willst, Liebling.“

Bei diesem Wort, das Tristan nun bereits zum zweiten Mal verwendet hatte, schaute sie ihn verwundert an. Warum lief es ihr kalt über den Rücken, wenn er sie Liebling nannte?

Ingrids Schritte folgten etwas langsamer aufeinander als notwendig gewesen wäre.

Die kühle Nachtluft hüllte sie ein und gab ihr das Gefühl zu leben. Wirklich zu leben.

Der Abend war etwas anders gewesen, als die vielen anderen Abende in der Tanzschule. Man nannte die ganze Angelegenheit einen Zwischenball, obwohl es sehr wenig mit Ball zu tun hatte. Eigentlich war es nur eine riesige Party, die nach der vierten oder fünften Tanzstunde aus drei Gründen stattfand:

1. Der Getränkekonsum war erheblich größer als den Unterrichtsabenden. Das war   der positive Aspekt für die Tanzschule.

2. Die Tanzschüler konnten endlich das Gelernte anwenden, ohne einen Minderwer-   tigkeitskomplex zu bekommen, da die meisten Gäste auf diesen Partys auch   nicht mehr konnten als z.B... die Leute aus Ingrids Kurs. Das war der positive Aspekt für die Tanzschüler.

3. Durch die diversen Showeinlagen, die von fortgeschritteneren Tanzschülern darge-   boten wurde, wuchs das Interesse der Tanzschüler an den weiterführenden   Kursen. Das war der positive Aspekt für Tanzschüler und Tanzschule.

Es war ein lustiger Abend. Eigentlich der erste Abend an dem Ingrid die anderen Tanzschüler näher kennenlernte. Zum einen lag das daran, daß Tristan kurzfristig absagen mußte, zum anderen daran, daß sie durch die wesentlich größere Anzahl Gäste gezwungen war, mit einer deutlich größeren Zahl Menschen an einem Tisch zu sitzen.

Ingrid war ständig in Bewegung gewesen. Jörg-Heinrich, Zybynek und der ältere Mann, der sein Brille ständig aus seinem Jackett herausholen mußte, wenn er was erkennen wollte, sorgten dafür, daß es ihr nicht langweilig wurde.

Rosalind hingegen kam kaum zum Tanzen. Sobald eine andere Frau aus dem Kurs frei war, ließ man sie links liegen. Zybynek und Jörg-Heinrich brachten es sogar fertig, die Künstlerin so zu ignorieren, daß man das Gefühl hatte, sie könnten sie weder sehen, noch hören, noch fühlen, noch riechen. Ingrid hatte das Gefühl, daß Rosalind aus dem Bewußtsein der beiden vollkommen ausgeblendet war.

Fünf Stunden nach Beginn der Party war sie auch schon wieder zu Ende.

Ingrid bedauerte das Fehlen Tristans. Im selben Moment war sie froh darüber. Zum ersten Mal seit Karls Tod hatte sie sich amüsiert, ohne an Karl oder Tristan zu denken.

Karl oder Tristan.

Sie lachte leise, als sie feststellte, daß Tristan inzwischen fast so oft wie Karl in ihren Gedanken war.

Der Weg war kaum beleuchtet. Sie war bereits einige Minuten unterwegs und hatte doch noch ein ganzes Stück vor sich. Vor dem Zwischenball hatte sie vergebens eine Parkplatz in der Nähe der Tanzschule gesucht. Erst in der Nähe der Universität, zu Fuß fast eine viertel Stunde von der Tanzschule entfernt und daher schon etwas abseits von dem quirligen Stadtzentrum, war sie fündig geworden.

Tristan...

Morgen abend würden sie zusammen ins Kino gehen. Einen Liebesfilm. So eine richtige Schnulze, mit furchtbaren Kritiken aber riesigen Zuschauerzahlen.

Mit Karl hatte sie so was nie anschauen können. Selbst im Fernsehen wollte er Filme wie LOVE STORY nicht sehen. Und sie hatte sich seinen Wünschen gebeugt.

Allmählich wurde ihr klar, wie stark Karls Einfluß auf sie war. Dabei war sie nicht unglücklich gewesen, ganz im Gegenteil. Aber es war doch auffällig, daß es in ihrer Erinnerung immer Karl hieß, nie Ingrid. Karl hatte alles bestimmt. Ingrid hatte es nie gegeben.

Vielleicht war sie deshalb mit dem Verlust nicht fertig geworden. Als Kind hatte sie ihre, längst verstorbenen, Eltern gehabt, als Erwachsene Karl. Eine Abhängigkeit war auf die andere gefolgt. Und dann der Sturz ins Bodenlose.

Manchmal hörte sie Schritte oder leise Stimmen. In einem Hauseingang stand ein Pärchen eng umschlungen. Erst als sie daran vorbei war, fiel ihr auf, daß es sich um zwei Männer gehandelt hatte.

Tristan...

Äußerlich war er Karl sehr ähnlich. Einige beiden gemeinsame Charakterzüge verstärkten diesen Eindruck noch. Aber je mehr Ingrid von Tristan erfuhr, desto häufiger stellte sie fest, wie grundverschieden die beiden in machen Punkten waren.

Sicher, ihre Beziehung, wenn man die wenigen Umarmungen und Küßte bereits so nennen konnte, stand noch am Anfang. Aus den Erzählungen ihrer Geschäftskolleginnen wußte sie, man verändert sich in einer Beziehung. Manchmal zum Positiven. Häufiger zum Negativen.

Vielleicht ändern sich die Menschen doch nicht, sondern nur das Bild, das man sich von ihnen macht. Manche Leute verlieben sich in ein Bild, das sie sich von einem anderen machen, ein Bild, dem der andere nie gerecht werden kann. Das Ergebnis ist eine Enttäuschung, meist die Trennung. Andere entdecken immer mehr positive Seiten am Partner und verlieben sich so mit jedem Tag mehr.

Sie gähnte. Es war spät, weit nach Mitternacht. Die Idee, für heute, den Tag nach dem Zwischenball, Urlaub einzureichen, war gut gewesen. Wenn Tristan nur bei ihr sein könnte, wenn sie ihn doch schon vor dem viel zu fernen Abend sehen könnte.

Tristan...

Der Straßenlärm war kaum noch hörbar. Um so deutlicher drang das Klacken harter Ledersohlen an ihr Ohr.

Ingrid ging schneller.

Der moderne Mensch ist so an die alltäglichen Geräusche der Großstand gewöhnt, daß er sich bedroht fühlt, wenn sie einmal ausbleiben. In diesem Punkt ähnelte der Mensch scheuen Waldtieren, für die die Stille ebenfalls ein Warnsignal ist.

Tristan...

Eigentlich konnte Ingrid die letzten Wochen noch gar nicht fassen. Seit Tristan in ihr Leben getreten war, hatte sie wieder eine Perspektive. Ja, das Leben war ein Freude.

Die Schritte hinter ihr wurden schneller.

Ingrid verschwendete keine Gedanken daran. Wenige Meter vor sich sah sie ihren kleinen roten Fiesta, dessen Windschutzscheibe an dem Punkt, an dem der Rückspiegel festgeklebt war, von einem Playboyteufelchen geziert wurde.

Sie kramte in ihrer ledernen Handtasche nach dem Fahrzeugschlüssel, spürte ihn in der Hand und wurde zu Boden gerissen.

Bevor sie wußte, was ihr geschah, lag eine Hand auf ihrem Mund. Eine andere öffnete ihren Mantel.

Verzweifelt versuchte sie zu schreien - vergeblich!

Mit allen Vieren schlug sie um sich. Sie traf die dunkle Gestalt, die über ihr kniete, erhielt dafür aber einen heftigen Faustschlag ins Gesicht. In ihrem Mund schmeckte sie Blut.

„Stillhalten, dann geschieht dir nicht viel“, raunte der Mann.

Ingrid hatte Angst! Panische Angst!

Sie versuchte den Mann von sich zu werfen. Weitere ziellose Schläge waren die Folge. Sie hörte das Reißen von Stoff und verfluchte sich, den Wagen an einem Ort geparkt zu haben, der fast völlig im Dunkeln lag, direkt am Universitätsgelände, das nachts menschenleer war.

Einige Schläge spürte sie noch, dann umgab sie wohltätige Bewußtlosigkeit.

Das eilige Gestöhne, die geilen Hände, die ihre vollen Brüste und ihre dichtbelockte Scham entweihten, das Gefühl des eindringenden Phallus, der vergebliche Versuch gewaltsam die Lust zu befriedigen, all das blieb ihrem Bewußtsein erspart.

Ihr bewußtloser, entkleideter, geschändeter Körper blieb ungeschützt der kalten Nach ausgeliefert.

In dieser Nacht näherten sich die Temperaturen dem Gefrierpunkt.

Tristan hatte eine durchwachte Nacht hinter sich. Am Abend vorher hatte er vergeblich versucht, Ingrid zu erreichen, die die Verabredung nicht eingehalten hatte.

Selbst mitten in der Nacht war sie nicht ans Telefon gegangen. Entweder wollte sie ihn nicht sprechen, oder sie war nicht zu Hause. In jedem Fall war es kein gutes Zeichen für Tristan. Der Gedanke, Ingrid könnte auf einmal nichts mehr von ihm wissen wollen, schmerzte ihn. Er hatte nicht vor, das so einfach auf sich sitzen zu lassen.

„Frau Gugel", rief er in die Sprechanlage.

Seine Sekretärin meldete sich sofort zurück: „Ja, Herr Thiel?"

„Haben Sie inzwischen wieder versucht, die Nummer anzurufen?"

„Natürlich, Herr Thiel. Leider vergeblich."

„Gut. Versuchen Sie es weiter. Aber bringen Sie mir vorher bitte einen Kaffee."

„Selbstverständlich."

Die nächsten Minuten war es mit der Lektüre der Tageszeitung beschäftigt. Die tagespolitischen Meldungen überflog er hastig. Im Wirtschaftsteil las er zwei Artikel, einen über das Auf-und-Nieder des Dollars, den anderen über die Bilanzpressekonferenz eines Konkurrenten. Eine Anzeige, mit der Überschrift „Thiel spart viel" nahm er zur Kenntnis. Im Lokalteil las er Artikel über eine Frau, die nackt und halberfroren auf dem Universitätsgelände gefunden worden war, über einen Motorradfahrer, dessen Kopf durch eine Leitplanke vom Rumpf getrennt worden war und über die neuerlich geplante Beutelschneiderei der Verkehrsbetriebe. Den Sportteil blätterte er uninteressiert durch. Als er fertig war, stieg seine Nervosität wieder. Nein, heute war nicht der Tag für Geschäfte.

„Frau Gugel, kommen Sie bitte rein."

Einige Momente später stand die gedrungene, etwa fünfzigjährige Frau, deren langes Haar in einem altmodischen Knoten an ihrem Hinterkopf festgemacht war, vor ihm.

„Haben wir heute irgendwelche Termine?"

„Für elf Uhr ist ein Gespräch mit dem Betriebsrat vorgesehen."

„Verschieben Sie das."

„Heute nachmittag haben sich mehrere Lieferanten angesagt."

„Ja, richtig. Das sollen Hach und Pommer machen. Sonst noch was?"

„Bisher nicht. Sie wollten den Vortrag vor der Industrie- und Handelskammer vorbereiten."

„Wann ist der Vortrag?"

„Nächste Woche."

„Dann haben wir noch Zeit. Sagen Sie Burgard, ich erwarte, daß er einige Ideen ausarbeitet."

„Wie Sie wünschen."

„Sonst noch was?" fragte er sich selbst. „Ach ja, noch eins: Ich bin für niemanden zu sprechen. Ausgenommen Frau Carsten."

Seine Sekretärin nickte beflissen. Kaum war sie aus dem Zimmer, griff er selbst nach dem Telefon und wählte eine Nummer, die er sich kurz nach seiner Ankunft aus dem Telefonbuch herausgesucht hatte.

„Guten Tag, mein Name ist Thiel", meldete er sich. „Könnte ich bitte Frau Carsten sprechen?"

Er mußte einen Moment warten, dann meldete sich eine männliche Stimme.

„Svenson, Apparat Carsten."

„Thiel. Guten Tag. Könnte ich bitte Frau Carsten sprechen?"

„Tut mir leid, Frau Carsten ist nicht im Haus. Kann ich Ihnen weiterhelfen?"

„Hat Frau Thiel Urlaub?"

„Ich bedauere, abba das weiß ich nicht. Bisher hat sie sich nicht gemeldet."

„Tun Sie mir bitte einen Gefallen. Sollte Frau Carsten noch kommen, möchte Sie mich doch bitte anrufen." Er gab ihm seine Geschäftsnummer, die Ingrid bisher noch nicht kannte.

Etwas unvermittelt legte Tristan auf.

„Etwas ist hier faul. Irgend etwas." Er stand auf und verließ das Zimmer. „Frau Gugel, geben Sie unten Bescheid. Massa soll den Wagen vorfahren."

Die Frau griff sofort nach dem Telefonhörer.

Auf dem Weg zum Aufzug versuchte der bärtige Geschäftsmann, sich einzureden, es könnte eine ganz harmlose Erklärung für alles geben.

Mit jedem Schritt zweifelte er mehr daran.

Tristan wußte, er war mindestens einmal geblitzt worden. Im Moment interessierte ihn das nicht.

Er fuhr um den Block, in dem Ingrid wohnte. Daß er ihr Auto nicht sah, trug nicht zu seiner Beruhigung bei.

Nach der zweiten Runde fand er einen Parkplatz.

In einer Mischung aus schnellem Gehen und langsamen Rennen, eilte er zu dem Haus.

Er war gerade an der Tür und hatte geklingelt, als ein Fahrrad direkt neben ihm hielt. Herab stieg ein Mann in einer grauen Uniform. Aus einer schwarzen Tasche, die an seinem Vorderrad befestigt war, entnahm er einen unfrankierten Briefumschlag.

Der Mann, der auf den ersten Blick wie ein Fossil wirkte, kam zu Tristan.

„Entschuldigen Sie bitte. Darf ich kurz?" Mit einer Handbewegung machte er klar, daß er an die bronzefarbene Klingelleiste heranwollte. Mit dem Finger glitt er über die verschiedenen Namen, bevor er bei Carsten innehielt und schließlich klingelte.

„Sie... Sie wollen zu Frau Carsten?"

„Kennen Sie sie?"

„Ich suchte Sie bereits seit gestern."

„Wenn Sie sie sehen, richten Sie ihr doch bitte aus, daß ihr Fahrzeug gefunden wurde."

„Ihr Auto?" In diesem Moment machte Tristan keinen intelligenten Eindruck.

„Das habe ich doch gesagt, oder?" Der Beamte trat aus dem Hauseingang. Die eierschalenfarbenen Briefkästen waren gleich daneben in die Wand eingelassen. Hier wiederholte er das Spiel mit dem Finger.

„Aber..."

„Na, die Benachrichtigung wird sie ja irgendwann finden." Und schon verschwand der graue, unfrankierte Umschlag im Briefkasten.

Der bärtige Geschäftsmann blickte dem städtischen Fahrradfahrer einige Momente hinterher, dann schaute er an der Fassade hinauf, als würde Ingrid ausgerechnet jetzt aus dem Fenster schauen. Vergeblich. Keine Spur von Ingrid.

Ihr Auto gefunden!

Tristan versuchte sich einen Reim darauf zu machen, doch es gelang ihm nicht.

So schnell er konnte, kehrte er zu seinem Wagen zurück.

„Frau Gugel", schrie er ins Autotelefon, als am anderen Ende der Leitung der Hörer abgenommen wurde. „Hören Sie zu! Sie rufen jetzt die Polizei an. Ich möchte wissen, wo aufgefundene PKW abgestellt werden. Sobald Sie das wissen, rufen Sie mich zurück." Er wußte, daß sein Ton schärfer gewesen war, als Frau Gugel das verdient hatte Er wußte aber auch, sie würde Verständnis haben. Wie lange war sie bei ihm? -zig Jahre. Angefangen hatte sie bei seinem Vater. Tristan hatte sie geerbt, und er war zufrieden. Eine treuere Sekretärin konnte er sich kaum vorstellen.

Seine Fingerspitzen trommelten einen nervösen Takt auf die Innenseite des Lenkrads. Der kleine, am Rückspiegel baumelnde Alf schwang langsam hin und her. Rechts und links, vor und zurück. Rechts und links, vor und zurück. Rechts und...

„Ja", meldete er sich, noch bevor das erste Summen verstummt war.

Frau Gugel nannte ihm eine Adresse. Der Straßenname war ihm bekannt.

„Danke."

„Einen Moment noch, Herr Thiel. Ihre Ex-Frau hat angerufen und um einen Termin nachgesucht."

„Ich hab' jetzt andere Probleme!"

Auf dem Weg zum Autohof der Polizei entging er einem neuerlichen Strafzettel nur knapp. Das letzte Bild des Films war wenige Minuten vorher belichtet worden.

...

Ein städtischer Autohof hat etwas Beunruhigendes an sich. Dicht an dicht stehen Fahrzeuge, aller Marken, aller Jahrgänge, hinter dikken Stacheldraht bewehrten Mauern. Der Vergleich mit einem Gefängnis ist nicht von der Hand zu weisen.

Tristan hatte erwartet, das Auto Ingrids in Augenschein nehmen zu können. Er versprach sich davon einen Aufschluß über das Verbleiben der Frau.

Doch ganz so einfach war das nicht.

„Wenn Sie keine Vollmacht haben, kann ich Sie nicht auf den Hof lassen. Das müssen Sie verstehen. Ob Sie wollen oder nicht."

Der Pförtner schloß das runde Sprechloch.

Enttäuscht wandte Tristan sich ab.

Auch seine Sekretärin konnte ihn nicht beruhigen. Weder war ein

Anruf aus Ingrids Betrieb eingegangen, noch war es Frau Gugel
gelungen, eine telefonische Verbindung unter Ingrids Privatnummer
zu erhalten.

Ohne etwas wahrzunehmen, starrte Tristan auf den Straßenverkehr. Jeder Verkehrsteilnehmer hatte seine eigene kleine Geschichte,
die es Wert gewesen wäre, erzählt zu werden. Tristan war das in diesem Moment jedoch völlig gleichgültig.

Nach einigen Minuten hatte er schließlich einen Entschluß gefaßt.

Er schnallte sich an und startete den Motor.

...

Dem Bärtigen stockte der Atem. Er war auf vieles vorbereitet, seit
er von der Polizei erfahren hatte, daß eine Frau, auf die Ingrids
Beschreibung zutraf, in einem der großen Krankenhäuser der Stadt
lag. Ihren Namen kannte man noch nicht.

Zwischen Tristan und der Frau, die ihm in den letzten Wochen so
wichtig geworden war, stand eine Glasscheibe, die kein Geräusch
durchließ. Dadurch wirkte die ganze Szenerie wie der Bestandteil
eines Alptraums.

In dem Bett auf der anderen Seite der Scheibe lag ein dick eingewickeltes Etwas, von dem nur gerade soviel zu sehen war, daß er
sich sicher sein konnte, wer da vor ihm lag.

„Ist es Ihre Bekannte?“

Tristan nickte benommen. In seinem Hals hatte sich ein dicker
Kloß gebildet, der nicht so leicht zu schlucken war.

Der Arzt klopfte mit der flachen Hand auf Tristans Schulter.
„Kommen Sie mit in mein Büro, dort können wir sprechen.“

Wortlos durchquerten die Männer die in hellem, freundlichem
Grün gestrichenen Gänge des Krankenhauses, bis sie in einem Büro
ankamen, das eher zu einem Mitglied der mittleren Führungsebene
eines Industrieunternehmens gepaßt hätte, als zu einem Arzt. Überall
lagen Papiere und aufgeschlagene Bücher. Der Mann mußte ein
Genie sein, wenn er unter diesen Umständen arbeiten konnte.

„Entschuldigen Sie das Durcheinander. Ich arbeite an einem Artikel für die Medical Tribune. Die Recherchen sind aufwendiger als
das eigentliche Schreiben.“

Nachdem sie um einen separat stehenden Tisch, der für Besprechungen vorgesehen war, Platz genommen hatten, begann der Arzt:

„Ich will Ihnen nichts vormachen, es steht nicht gut um Frau Carsten. Sie wurde am vergangenen Dienstag auf eine Parkplatz gefun den. Über die näheren Umstände kann Ihnen die Polizei sicher mehr sagen. Ihre Bekannte leidet unter schweren Unterkühlungen, einem gebrochenen Rippenknochen, mehreren starken Prellungen und einem kataleptischen Schock. Inzwischen geht es ihr besser als bei ihrer Einlieferung, aber über dem Berg ist sie noch lange nicht. Die psychischen Folgen sind noch nicht absehbar."

Tristan saß schweigend auf dem Stuhl. Welchen Sinn hätte es gehabt, zu fragen, wie das alles gekommen war? Der Arzt hatte seine Großzügigkeit bereits unter Beweis gestellt. Da Tristan kein Verwandter Ingrids war, hätte man ihm keine Auskunft zu geben brauchen. Bei der Polizei würde er später hoffentlich mehr erfahren.

„Darf ich zu ihr gehen? Mit ihr sprechen? Mir würde wirklich viel daran liegen."

„Sie haben ja gesehen, wie es um Frau Carsten steht."

„Kann es ihr schaden?"

„Nein, das nicht."

Der Arzt blickte Tristan einige Momente schweigend an. Was mochte wohl in seinem Kopf vorgehen? Tristan war viel zu aufgeregt, um sich darüber Gedanken zu machen. Für ihn zählt nur Ingrid.

„Nun gut, aber nur fünf Minuten."

Er begleitete den Geschäftsmann auf die Intensivstation, gab der Oberschwester einige Anweisungen und entfernte sich nach einem flüchtigen Abschiedsgruß.

Tristan trat an Ingrids Bett. Mit weit geöffneten Augen starrte sie auf einen nicht auszumachenden Punkt zwischen dem Bett und der Zimmerdecke.

„Hallo", brachte Tristan mühsam hervor.

„Ich... ich habe gehört, daß du hier bist." Hatte es überhaupt Sinn mit ihr zu sprechen? Sie schien sich seiner Anwesenheit überhaupt nicht bewußt zu sein. „Was machst du nur für Sachen."

Er griff nach ihrer erschlafften Hand und liebkosten sie intensiv. „Ich darf nicht lange blieben. Versprich mit, daß du bald gesund wirst, ja? Denk' dran, es gibt jemanden, der dich braucht." Ihre Augen starrten weiterhin in die Leere. „Ich weiß, ich habe es dir noch nicht gesagt." Warum eigentlich? War es nur Unsicherheit gewesen? Oder war es die Angst vor einer neuerlichen Enttäuschung? „Aber ich denke, du weißt es schon seit einiger Zeit." Vielleicht hatte sie es schon lange vor ihm gewußt. Vielleicht waren ihre Wege vom Schicksal tatsächlich vorgezeichnet. Vielleicht konnte kein Mensch seinem Schicksal entrinnen. Vielleicht war Ingrid die

Frau, die seit Anbeginn der Zeit für ihn bestimmt war. Vielleicht war er seit der Geburt des Universums für Ingrid bestimmt. Vielleicht war die Vergangenheit nur ein Fegefeuer, daß sie durchleben mußten, um füreinander bereit zu sein. Vielleicht... Vielleicht. „Ich liebe dich." Seine Stimme stockte. Wie lange hatte er diesen Satz nicht mehr gesagt? War er jemals wahr gewesen? Erhielt er nicht erst in diesem Moment Bedeutung?

„Ich liebe dich, Ingrid", wiederholte er mit tränenerstickter Stimme.

„Sie müssen jetzt gehen", mahnte die Oberschwester sanft.

Tristan ließ Ingrids Hand los. Schweren Schrittes ging er zur Tür.

„Ich komme wieder, Liebling. Ich komme wieder. Jeden Tag."

Dann war Ingrid alleine Raum.

...

„Wer?" Jelzin schaute von seinen Papieren auf.

„Ein Herr Thiel möchte Sie sprechen."

„Thiel? Kenn' ich nicht. Was möchte das Arschloch?" Der Inspektor versenkte den Blick wieder in einem Stapel Papier. „Das heißt... Moment mal. Wie heißt der Schwachkopf? Thiel?!" Er blätterte in den Papieren. „Dacht' ich mir's doch. Das ist einer von den Heinis, der mit der Schulz zusammen die Tanzschule besucht hat. Er soll seinen Arsch 'reinbewegen."

Der Kriminalassistent verließ den Raum. Wenige Minuten später kehrte er mit Tristan zurück.

„Was wollen Sie?" fuhr der Inspektor den bärtigen Mann an.

„Mein Name ist Thiel. Ich bin..."

„Quatschen Sie keine Opern. Meine Zeit ist kostbar. Wenn Sie einen anständigen Beruf hätten, wäre es ihre ebenfalls. Was wollen sie?"

„Man hat mir gesagt, daß Sie den Fall bearbeiten."

„Ach ja? Ich bearbeite DEN Fall. Na, Mahlzeit. Wenn ich nur einen Fall zu bearbeiten hätte, würd's mir besser gehen."

„Am Dienstag wurde eine Frau gefunden, die mit starken Unterkühlungen ins Krankenhaus eingeliefert wurde."

„Ach das. Und ich dachte, Sie wollten was wegen dem fetten Fall Schulz. Fetter Fall... verstehen Sie?"

„Nein."

„Egal. Was ist mit der Unbekannten?"

„Es handelt sich um meine... Bekannte, Frau Ingrid Carsten. Ich bin gekommen, um Ihnen das mitzuteilen und um vielleicht zu erfahren, was geschehen ist."

„Mit solchen Kinkerlitzchen wollen Sie mich belästigen? Ich glaube, mein Schwein pfeift." Jelzin stand auf und ging zur Tür. Nachdem er diese aufgerissen hatte, schrie er: „Ostermann!"

Sofort kam ein Man mit schütterem Haar, den Tristan vom Verhör in der Tanzschule kannte.

„Ostermann, der Heini will einiges zum Parkplatzfall loswerden. Machen Sie das."

„Selbstverständlich. Wenn Sie bitte mitkommen wollen, Herr..?"

„Thiel. Tristan Thiel." Er war froh, Jelzin verlassen zu können.

„Wollen Sie einen Kaffee?" war die erste Frage, die Ostermann stellte, nachdem er die Tür hinter sich geschlossen hatte.

„Danke, nein."

„Verständlich. Der Chef ist nichts für empfindliche Gemüter. Er hat gesagt, es geht um die Parkplatzsache. Einen Augenblick." Er begann in einem Stapel auf seinem Schreibtisch zu kramen. Als er endlich einen schmalen Schnellhefter herauszog, rief er: „Heureka! So, wollen wir mal sehen." Er überflog die wenigen Blätter, die im roten Pappdeckel lagen. „Keine schöne Sache. Wir wissen nicht, um wen es sich handelt. Keine Papiere und die Fingerabdrücke sind nirgends registriert."

„Es handelt sich um Frau Ingrid Carsten." Er begann zu erzählen. Zuerst ihr Geburtsdatum, dann die Adresse. Darauf folgten seine Erlebnisse seine Dienstagmorgen, die schließlich im Besuch an ihrem Krankenbett gipfelten.

„Wir haben das Auto also in Verwahrung. Na so was. Vielleicht haben wir Glück und finden einige Spuren. Wissen Sie, warum Frau Carsten den Wagen auf diesem Parkplatz abgestellt hat?"

„Wahrscheinlich fand sie keinen anderen."

„Natürlich."

„Entschuldigen Sie, ich bin noch immer etwas durcheinander. Wir hatten am Montagabend Zwischenball. Eine Art Party, für die Leute, die einen Tanzkurs machen."

„Frau Carsten war auf diesem Ball?"

„Allerdings. Ich war leider geschäftlich verhindert. Wenn ich nur mit ihr gegangen wäre!"

„Sie konnten nicht wissen, was passiert."

„Was ist passiert? Ich weiß bisher nur, daß Frau Carsten auf diesem Parkplatz gefunden wurde und ihr Auto und ihre Papiere weg waren. Im Krankenhaus hat man es mir nicht gesagt und ich habe nicht gefragt. Bitte sagen Sie es mir."

„So weit wir wissen, ist Frau Carsten das Opfer einer Vergewaltigung geworden."

„So weit Sie wissen..." Tristan starrte ihn ungläubig an.

„Frau Carsten war nackt. Die Kleidung zerrissen. Aber die Untersuchung hat... hat keinen Hinweis auf ein Ejakulat ergeben."

„Vergewaltigt... Ingrid... Wer tut so was?"

„Das wissen wir bisher nicht. Am Tatort haben wir keine Hinweise gefunden. Aber wenn der Täter Frau Carstens Auto benutzt hat, bringt uns das vielleicht auf seine Spur."

„Aber..."

„Sie gehen jetzt besser erstmal heim, Herr Thiel. Legen Sie sich ins Bett und versuchen Sie zu entspannen. Im Moment können Sie nichts tun. Aber Sie dürfen nicht vergessen, Frau Carsten braucht einen Halt, wenn Sie aus dem Krankenhaus entlassen wird."

„Ich..."

„Sie haben uns sehr geholfen."

„Halten Sie mich auf dem Laufenden?"

„Selbstverständlich."

Tristan verließ das Polizeigebäude. Ingrid vergewaltigt. In seinen Augen standen Tränen. Ingrid vergewaltigt. Warum hatte er sie alleine auf die Party gehen lassen! Wenn er dabei gewesen wäre, wäre das nie geschehen. Ingrid vergewaltigt! Als sie ihn am dringendsten brauchte, war er nicht bei ihr gewesen.

Er setzte sich in seinen Wagen und startete den Motor. Aber gleich darauf schaltete er wieder ab. In diesem Zustand konnte er nicht fahren, noch nicht.

„Ingrid."

...

„Ingrid."

Immer wieder durchbrach ihr Name den Strom seiner Tränen. Schließlich griff er zum Autotelefon.

„Mein Gott, Herr Thiel. Was ist passiert? Sie hören sich furchtbar an."

„Es... es geht schon wieder." Er mußte schlucken. Sein Hals fühlte sich an, als würde er langsam zusammengedrückt werden. „Frau Gugel, sagen Sie auf absehbare Zeit alle Termine ab. Ich... ich weiß nicht, wann... Ich... Tun Sie's einfach, ja?"

„Selbstverständlich.“

„Danke.“ Er legte auf.

„Ingrid.“ Der Kloß in seinem Hals war noch nicht vollständig verschwunden. Wenn er nur gewußt hätte, wie er Ingrid helfen konnte. Die Hilflosigkeit war unerträglich.

Zunächst würde er nach Hause fahren. Ganz langsam. Und dann... was dann kommen würde, wußte er nicht. Aber morgen würde er Ingrid aufsuchen. Morgen, übermorgen und jeden Tag danach, bis sie für immer bei ihm sein würde.

„Ich verstehe. Auf Wiedersehen." Torsten konnte nur noch den Hörer auf die Gabel legen.

„Was ist denn los?" wollte sein Chef wissen, der eben durch die Tür kam.

Während Torsten sprach, entledigte sich sein Arbeitgeber des beigen Trenchcoats, dessen Schnitt up-to-date war.

„Einer aus Karlas Singletanzkurs hat sich abgemeldet. Damit sind es jetzt schon vier Personen weniger. Erst diese Meier, Schmidt oder wie immer sie heißt, dann der Mann, den die Polizei in Verdacht hat, ihr etwas getan zu haben. Und jetzt dieser Thiel"

„Du hast von vier Personen gesprochen."

Der Chef warf seinen Mantel auf eines der mit braunem Leder überzogenen Polster.

„Stimmt. Bei der vierten Person handelt es sich um seine Tanzpartnerin. Der muß was passiert sein"

„Du machst dir zu viele Sorgen, mein Junge. Zwei Männer und zwei Frauen weniger. Wo soll da das Problem sein? Viel Schlimmer wäre es, wenn es drei Frauen und ein Mann oder umgekehrt gewesen wären."

„Ich weiß nicht."

„Du darfst das nicht so eng sehen. Willst du was trinken?"

„Ich hatte vorhin erst einen Kaffee."

Der Chef nahm das zur Kenntnis. Er ging hinter den Tresen und bereitete sich einen Cappuccino, dessen Geruch bald die ganze Tanzschule erfüllte.

„Aus jedem Kurs springen Leute ab. Ist doch völlig gleichgültig. Hauptsache, Sie haben bezahlt."

Für Torsten war diese Sichtweise zu beschränkt. Es gab zu viele Gründe, die zu einem Kursabbruch führen konnten. Und nicht alle waren positiv für die Tanzschule. Negativpropaganda konnte man sich in ihrem Beruf nicht erlauben.

„Keiner von den Vieren ist abgesprungen, weil er mit Karla oder Ajax oder der Atmosphäre nicht zufrieden war, oder?"

„Das ist richtig."

„Dann mach' dir nicht so viele Sorgen. Gibt's sonst noch was?"

„Nur das Übliche: Verschiebungen. Gastherren, die wegen einem Kurs nachfragen. Leute, die bei uns einen Kurs belegen wollen." Torsten überflog seine Notizen. „Ach ja, ein Mann von der Zeitung hat angerufen. Er möchte einen Bericht über uns machen. Seine Nummer habe ich."

„Über uns? Das ist seltsam." Einen Moment konnte man die Unsicherheit in dem Tanzschulinhaber spüren. „Wir werden sehen." Er stellte die leere Tasse beiseite. Eine von seinen Angestellten würde sie nachher spülen.

„Ist Karla eigentlich schon da?"

„Im Saal drei. Sie übt mit Deidra und Ajax. Milos hab ich heimgeschickt. Ihm war nicht besonders."

„Milos? Schon wieder? Wie oft war der jetzt krank in den letzten vier Monaten?"

Torsten hatte mit dieser Frage gerechnet und daher die Antwort bereits parat: „Zehn Tage."

„Ganz schön viel."

„Stimmt."

„Vielleicht muß ich doch mal ein ernstes Wort mit ihm reden." Er versuchte den Ernst seines Satzes hinter einem Lächeln zu verbergen. Torsten kannte ihn jedoch zu gut, um es für bare Münze zu nehmen.

„Jetzt ist gleich halb drei. Ich kümmere mich jetzt um unsere Küken. Machst du nachher den Ersatz für Milos?"

„Wenn Karla mich hier ablöst."

„Geht klar, mein Junge."

Torsten war froh, als sein Chef im Saal drei verschwand. Abgesehen von einigen wenigen Telefonaten hatte er jetzt eine Zeitlang Ruhe. In Saal 1 hielt Andrea im Moment einen Schülerkurs ab.

Andrea.

Er schloß die Augen, vor denen sofort das Bild der jungen Frau auftauchte.

Wie lange kannte er sie? Zwei Jahre? Wirklich bereits so lange? Ihm erschien es, als wäre es gestern gewesen, als das kleine Mädchen, das begeistert einen Tanzkurs nach dem anderen gemacht hatte, gefragt hatte, wie man Tanzlehrerin werden konnte. Man muß...

„Man muß nur auf jegliche Freizeit verzichten können. Tanzlehrer heißt Tag und Nacht im Einsatz sein. Sechs Tage in der Woche. Es ist anstrengend und wird schlecht bezahlt. Aber es macht Spaß", hatte er ihr damals erklärt. Er wußte, wovon er sprach. Immerhin übte er den Beruf damals bereits acht Jahr aus. Ein Jahr vor Andreas Frage hatte er feststellen müssen, daß seine langjährige Erfahrung vor dem Allgemeinen Tanzschullehrerverband überhaupt nichts wert war. Mit Ende 20 war man in diesem Beruf entweder selbständig, wie sein Chef, oder am Ende. Torsten wollte sich selbst beweisen, daß es auch noch eine dritte Möglichkeit gab.

Heute war er der zweite Mann, wenige Monate vor dem Ende seiner Ausbildung zum ADTV-Tanzlehrer. Ein Lehrling, wie alle außer dem Chef.

Die Zeit war entbehrungsreich gewesen und häufig hatte er sich gefragt, wozu er das alles überhaupt tat. Tag und Nacht für jemand anderen schuften. Dazu noch bei einem lausigen Gehalt. Selbst die Getränke mußte man selbst bezahlen. Natürlich hielten sich nicht alle daran. Schankverluste gab es, solange es die Gastronomie gab. Und die Getränke der Angestellten wurden oftmals als Schankverluste bezeichnet.

Andrea.

Seit Torsten sie zum ersten Mal gesehen hatte, konnte er seinen Blick nicht mehr von ihr lassen, obwohl sie fast zehn Jahre jünger war als er.

Unter den Tanzlehrern und Tanzlehrerinnen war es ein offenes Geheimnis, daß Torsten etwas für Andrea übrig hatte.

Andrea wußte das wahrscheinlich auch. Dennoch oder gerade deshalb nahm sie Torsten nicht ernst. Auch nach zwei Jahren war er noch nicht weiter, als zu Beginn ihrer Bekanntschaft.

Sicher, sie hätten irgendwann über seine Gefühle sprechen können. Aber dann wäre alles vielleicht nur noch schlimmer geworden. Sie hätte ja auch „Nein" sagen können. Sie hätte ihn endgültig abblitzen lassen können. Und damit wäre er wohl nicht fertig geworden.

Es hatte vor drei Jahren ein Pärchen unter den Tanzlehrern gegeben. Als sie eigene Wege gehen wollte, vergifteten sie nicht nur die Atmosphäre in ihrer Beziehung sondern auch die Stimmung in der Tanzschule: Nach etlichen ernsten Gesprächen blieb dem Chef nichts anderes übrig, als die beiden zu kündigen. Sie waren untragbar geworden.

Torsten fühlte sich viel zu wohl, um so etwas Verrücktes zu riskieren.

Karla war kaum fünf Minuten an der Kasse, da tauchten Besucher auf, die sie lieber nicht gesehen hätte: Inspektor Jelzin und Kriminalassistent Ostermann.

Glücklicherweise waren keine Gäste an der Bar, so daß der Ruf der Tanzschule diesmal wohl nicht leiden würde.

„Ich muß mit Ihnen sprechen", eröffnete Jelzin das Gespräch in einem Ton, der keinen Widerspruch zuließ.

„Ich kann hier leider nicht weg."

„Das geht mir am Arsch vorbei. Wenn Sie kooperativ sind, geht es schnell. Ansonsten..." Er wedelte mit der Hand.

„Haben Sie Frau Schulz gefunden?"

„Die Fette? Nein. Es geht um diese Frau." Damit legte er ein Foto Ingrids auf den Kassentisch. Karla betrachtete es lange.

„Ja, die ist in meinem Kurs. Hat sie etwas mit dem Verschwinden von Frau Schulz zu tun?"

„Vergessen Sie diese Schulz. Waren Sie auf diesem... Zwischenball?"

„Natürlich. An diesem Abend hatten wir alle Dienst."

„Haben Sie dieses Weib gesehen?"

„Ja, ich glaube schon. Wissen Sie, wir machen an drei Abenden hintereinander Zwischenball. Da kann man sich nicht alle Gesichter merken."

„Ich rede vom Montag."

„Das weiß ich. Sie wird wohl dagewesen sein."

„Ich habe nicht gefragt, ob sie wohl dagewesen ist! Können Sie sich positiv erinnern?"

„Wenn Sie so fragen: nein."

„Wo ist der Schnipper?"

„Sie meinen Ajax? Beim Chef, in Saal 3. Aber da können Sie nicht stören."

„Ich kann, verlassen Sie sich darauf."

Ohne sich aufhalten zu lassen, stapfte er zum Saal 3, Ostermann immer hinterher. Karla wollten ihren Chef über das Haustelefon warnen, aber bevor der Hörer in Saal abgenommen wurde, öffnete Jelzin bereits die Tür.

„Was fällt Ihnen ein...", entrüstete sich der Chef, der eben den Hörer des Haustelefons abgenommen hatte.

„Tut mir leid, er ließ sich nicht aufhalten", drang es leise aus dem Hörer. Ohne eine Wort legte der Chef wieder auf.

„Stören Sie meine Ermittlungen nicht. Sie..."

Ajax, der aus Nervosität wieder mit den Fingern schnippte, öffnete den Mund, sagte aber nichts. Einen Moment ähnelte er einem Karpfen.

„Kennen Sie diese Frau?" Jelzin drückte Ajax das Foto in die Hand.

„Jetzt habe ich aber genug von Ihnen. Verlassen Sie sofort meine Tanzschule."

„Halt den Rand, Mäusemännchen!"

„Was erlauben Sie sich... Ich werde mich über Sie beschweren. Dieses Verhalten, brauche ich mir nicht gefallen zu lassen."

„Tun Sie, was Sie nicht lassen können."

Jelzin wandte sich Ajax zu. Deidra, eine attraktive, rothaarige 21jährige Frau, nahm auf einer Bank Platz. Sie hoffte sich eine nähere Bekanntschaft mit Jelzin ersparen zu können.

„Was ist jetzt?"

„Die Frau ist in einem meiner Kurse."

„Sehr gut! Mann! Erzählen Sie mir was, was ich noch nicht weiß!"

„Schreien Sie meine Angestellten nicht an!"

„Ostermann schaffen Sie mir den Wichser aus den Augen, bevor ich mich vergesse."

Ostermann, der bisher kein Wort gesprochen hatte, empfahl dem Chef der Tanzschule, den Raum zu verlassen, was dieser nach einem bösen Blick auf Jelzin auch tat. Deidra nahm er mit.

„Waren Sie am Montag hier?" setzte der Inspektor das Verhör fort.

„Natürlich. Wir waren alle hier."

„Diese Frau auch?"

„Ja."

„Sind Sie sicher?"

„Ja.“

„Warum?“

„Sie saß mit einigen anderen aus dem Kurs an einem Tisch. Ich habe mich einige Minuten dazu gesetzt.“

„Worüber haben Sie gesprochen?“

„Während ich da war, über die verschwundene Frau.“

„Haben Sie mitbekommen, wann Frau Carsten gegangen ist?“

„Sie war unter den letzten.“

„Wie können Sie das so sicher wissen?“

„Ich hab' einige Zeit die Disco gemacht. Sie hat sich einen Socca gewünscht. Danach liefen nur noch zwei oder drei Titel.“

„Uhrzeit?“

„Gegen halb zwei.“

„Ist sie alleine gegangen?“

„Das kann ich nicht sagen. Ich war mit Aufräumen beschäftigt.“

„Wann sind Sie gegangen?“

„Gegen halb drei, drei. So genau weiß ich das nicht.“

„Und Ihre Kollegen?“

„Auch so um den Dreh.“

„Keiner gegen halb zwei?“

„Nein. Wir müssen doch aufräumen.“

Jelzin fixierte Ajax einige Minuten. Manchmal wünschte er sich, die Gedanken anderer Menschen lesen zu können. War auf die Aussage Verlaß? In ganz wenigen Fällen konnte er beurteilen, ob jemand log. Kannte man jemanden länger, war es sehr viel einfacher. Aber in seinem Beruf blieb es meist nur bei oberflächlichen Bekanntschaften.

Ohne ein weiteres Wort zu verlieren, verließ Jelzin den Raum.

Im Foyer paßte der Chef ihn ab: „Sind Sie endlich fertig! Wie oft wollen Sie uns eigentlich noch belästigen?“

„So oft, bis keine Frauen aus Ihren Tanzkursen verschwinden oder vergewaltigt werden! Kommen Sie, Ostermann!“

Zurück blieben der perplexe Chef und seine Angestellten. Das leise Tröpfeln des Zapfhahns an der Bar war zum ersten Mal seit langem laut wie ein Gong zu hören.

„Sehr schön." Der Mann trat einen Schritt zurück. „Ja, sehr schön." Er machte einen Schritt zur Seite. „Auch nicht schlecht." Er nahm seine Brille ab, entnahm der Brusttasche seines karierten Blazers ein Tüchlein mit dem er die Gläser polierte und schaute dabei Rosalind an, die zu einem weißen kragenlosen Sweat-Shirt, einem weißen, wadenlangen Rock, weißen Strumpfhosen und weißen Turnschuhen eine weiße Zipfelmütze trug.

„Die Bilder sind nicht schlecht. Ich werden Sie sicher verkaufen können. Aber um ehrlich zu sein, ich bin etwas enttäuscht. Das ist konventionell. Keine Massenware, aber konventionell. Der geniale Gedanke fehlt."

„Finden Sie?"

„Aber ja. Ich kenne Sie jetzt seit wieviel Jahren? Sieben oder acht?"

„Neun Jahre."

„Nun denn, neun Jahre. Ich beobachte schon seit einiger Zeit, daß Sie den Biß verlieren. Was ist los mit Ihnen? Sind Sie nicht mehr hungrig?"

„Mit mir ist alles in Ordnung."

„Das meinen Sie. Ihren Bildern fehlt das Wilde, das Orgiastische, das sie früher ausgezeichnet hat. Sie wissen, Rosa, der Kunstmarkt ist übervoll. Leute, die mehrere hundert Mark für ein Bild ausgeben, wollen immer wieder neue Talente entdecken. Die selben alten Schinken hängt sich niemand an die Wand."

„Nehmen Sie die Bilder, ja oder nein?"

„Dieses Mal noch. Beweisen Sie mir, daß Sie noch nicht ausgebrannt sind. Entweder das oder, so leid es mir tut, ich muß unsere Geschäftsbeziehungen stark einschränken."

„Ich verstehe."

Was wußte dieser lächerliche, kleine Mann denn schon von dem Hunger nach immer neuer Inspiration, die in einem Künstler schlummert! Wenn er ihre Bilder nicht wollte, andere würden sie kaufen. Mit Begeisterung!

Ausgebrannt! Hah!

Und dennoch bedrückte sie der Gedanke an ihre unsicher werdende Zukunft. Die letzten Jahre waren Jahren voller Sicherheit gewesen. Sie hatte gemalt und in Kieselmann einen ständigen Abnehmer gehabt. Das war ihr Leben gewesen. Malen, malen, malen. Um Nichts hatte sie sich Sorgen machen müssen. Wenn sie Geld brauchte, stellte sie sich vor die Leinwand und zauberte Farbformen, die kein anderer Mensch ersinnen konnte. Vorbei waren die Geldsorgen.

Und jetzt?

Von einem Moment zum anderen wußte sie nicht, was der nächste Tag bringen würde.

Hatte Kieselmann womöglich Recht? War sie ausgebrannt? In den letzten Monaten hatte sie mehr und mehr eine innere Leere verspürt, die sie zu kompensieren versucht hatte, in dem sie mit einem Mann nach dem anderen schlief.

Danach fühlte sie sich mißbraucht und noch leerer als zuvor. Sie war die Handelnde und fühlte sich doch benützt.

In ihrem Atelier stellte sie sich vor eine Leinwand, griff sich ein Stück Zeichenkohle und starrte die Leinwand an.

Nichts.

Sie sah nichts. Überhaupt nichts. Die Leinwand schien sich ihr zu verweigern. Normalerweise sah sie vor ihrem geistigen Auge die Formen, die ihre Hand zu Papier bringen würden. Und jetzt: Nichts.

In den letzten Wochen war das immer schlimmer geworden. Das Können war noch vorhanden. Ein Portrait oder ein konventionelles Stilleben konnte sie jederzeit zeichnen. Aber der kreative Gedanke war weg.

Es war, als wäre sie mit einem Mal von der Außenwelt abgeschnitten. Sie sah nichts, hörte nichts, fühlte nichts.

Wütend warf sie die Kohle durch den Raum.

„Beruhige dich, Rosalind, beruhige dich", raunte sie sich selbst zu. „Du mußt dich nur beruhigen. Entspann' dich, dann geht es wieder."

Sie zog sich aus. Nackt ging sie durch den Raum, versuchte sich dabei ihres Körpers bewußt zu werden. Sie spürte die Luft, die zwischen ihren Beinen hindurchstrich, spürte die Bewegung ihrer kleinen Brüste. Sie spürte ihren Körper, spürte den Boden unter ihren Füßen, spürte den Tampon ihrer ihrem Körper, die Füllung in ihren Zähnen. Sie spürte das alles.

Aber sich selbst spürte sie nicht.

Rosalind war nun eine Hülle ohne ein Inneres, das dem Äußeren einen Sinn gegeben hätte.

Rosalind war nichts.
Und das spürte sie deutlich.

„Du siehst ganz bezaubernd aus", schmeichelte Torsten der Frau, die auf dem Barhocker saß.

„Laß doch den Quatsch, Torsten."

„Wenn es doch stimmt."

„Laß' sie in Ruh'", mischte sich Karla ein, die hinter der Theke stand. In den Sälen wurden Tanzkurse abgehalten. Karla und Andrea hatten Pause, Torsten Kassendienst.

„Misch du dich nicht ein", fauchte der Mann.

„Bitte, Torsten, sei ein Schatz und geh' mir nicht auf die Nerven. Ich kann das im Moment wirklich nicht gebrauchen. Karla, gib' mir doch bitte einen Campari."

„Du weißt genau, daß der Chef Alkohol während der Arbeit verboten hat. Wenn ich dir einen geb', bekommen wir beide Ärger. Willst du das?"

„Nein."

„Na siehst du."

Torsten, der sich reichlich überflüssig vorkam, schlenderte zur Kasse zurück.

„Ich weiß ja, es geht mich nichts an, aber ich habe schon seit einigen Tagen das Gefühl, mit dir stimmt was nicht."

„Du hast recht. Es geht dich nichts an."

Karla verschwand in dem kleinen Raum hinter der Bar, in dem neben den Kanistern mit den Getränken auch die Spülmaschine stand.

Andrea saß trübsinnig auf dem Hocker. Torsten hatte sich in den Sessel an der Kasse sinken lassen. Er schaute Andrea an. Wie immer schlug sein Herz bei ihrem Anblick schneller.

Als Karla zurückkehrte, kümmerte sie sich nicht um die Kollegen. Sie räumte Gläser in den Schrank, bis Andrea das Schweigen beendete.

„Tut mir leid, Karla. Ich weiß ja, du hast es nur gut gemeint."

„Schon gut. Wir sind zur Zeit alle mit den Nerven am Ende. Das ist ganz normal, bei allem, was in letzter Zeit geschehen ist."

„Das ist es gar nicht. Ich..." Sie schaute in Torsten Richtung. „Später. Vielleicht."

Torsten, der ihren Blick bemerkt hatte, kam zu ihr. Vorsichtig legte er seine Hand auf ihre Schulter.

„Andrea", begann er feierlich. „Du weißt, es ist mir nicht gleichgültig, was mit dir ist."

„Torsten, sei ein Schatz und laß' mich in Ruhe. Du machst alles nur noch schlimmer."

„Weiß er wieder nicht, wo er seine Finger lassen soll?" wollte Deidra wissen, die aus Saal 1 kam. In ihrer Hand hielt sie die Liste mit den Getränkebestellungen.

Erschrocken ließ Torsten die Frau los, die seine Gedanken beherrschte. Er versuchte die Wut, die in seinem Innersten Blasen schlug, niederzukämpfen. Es gelang ihm nur mühsam.

Während Deidra und Karla mit dem Einschenken der Getränke beschäftigt waren, kam Andrea zur Torsten.

„Ich weiß, daß du es gut meinst. Auf deine Art. Aber du kannst mir nicht helfen. Trotzdem, vielen Dank."

„Gern geschehen, Schätzchen. Du kannst jederzeit auf mich zurückgreifen."

„Das weiß ich. Und nenn' mich nicht Schätzchen."

„Herzlichen Glückwunsch zum Geburtstag, Liebling." Er reichte ihr das flache Etui.

Sie, noch ganz verschlafen, nahm das rote Etwas und öffnete es langsam.

„Oh, Hermann." Sie entnahm die Kette und legte sie sich um. „Das ist ja herrlich. Du bist lieb, aber verrückt. Wir können uns doch so etwas nicht leisten."

„Für dich nur das Beste. Als wir geheiratet haben, habe ich geschworen, daß es dir nie an etwas fehlen wird."

„Du bist verrückt. Lieb, aber verrückt."

Sie umarmte ihn.

„Gefällt es dir?"

„Natürlich. Noch mehr würde ich mich allerdings freuen, wenn du nicht dauernd für Wochen verreisen müßtest."

„Das geht eben nicht. Von irgend etwas müssen wir ja leben. Bleib' noch liegen. Ich geh' inzwischen zum Bäcker, frische Brötchen holen."

„Bleib' nicht zulange weg."

„Ich beeile mich, versprochen."

Hermann verließ die eheliche Wohnung, die er vor vielen Jahren gekauft hatte. Die nächsten Wochen konnte er beruhigt zu Hause bleibe. Adelheids Geld würde bis zum Winter reichen. Trotzdem hatte er vor, bereits im Sommer wieder auf eine seiner ausgedehnten Reisen zu gehen, eine Frau kennenzulernen, die er dann im Winter beiseite schaffen würde. Dieser Winter war gut gewesen. Drei Frauen und keine unter hunderttausend Mark schwer!

Hermann hatte es im Lauf der Jahre zu einem kleinen Vermögen gebracht, das er klug angelegt hatte. Vier Häuser, nur Gebäude mit Zentralheizung, und eine Wohnung, aus der er eben gekommen war, gehörten ihm. Seine Frau wußte davon nichts.

Angefangen hatte alles kurz nach der Heirat. Sie hatten sich finanziell übernommen. Als er dann seine Stelle verlor, war die Verzweiflung groß. Während der Stellensuche hatte er Anita kennengelernt. Sie war die erste. Und plötzlich konnte Hermann über Geld verfügen. Seiner Frau erklärte er, er sei Vertreter geworden. Damit verbunden seien lange Fahrten durch die Bundesrepublik. Weil sie ihn liebte, glaubte sie die Geschichte.

„Guten Morgen", grüßte er, als er die Bäckerei betrat.

„Guten Morgen, Hermann", kam es von der Frau hinter der Ladentheke zurück. Sie kannte ihn schon seit der gemeinsamen Schulzeit.

Obwohl es früh am Morgen war, mußte Hermann sich in eine Schlange einreihen.

Im Laden roch es angenehm nach frischem Brot und durch die offene Hintertür konnte man in die Backstube sehen, in der weißgekleidete Angestellte damit beschäftigt waren, frische Backwaren herzustellen.

Hermann liebte frische Brötchen. Dafür war er auch bereit einige Zeit zu warten.

Ein dürrer, graumelierter Mann war eben bedient worden. Er ging an Hermann vorbei.

Hermann stutzte. Das Gesicht kam ihm bekannt vor. Wenn er nur gewußt hätte, wo er es einordnen sollte. Er schaute dem anderen Mann nach, bis der die Tür erreicht hatte.

Es war wohl nicht so wichtig. Der Graumelierte kannte ihn offenbar nicht. Beruhigt konzentrierte Hermann sich auf seinen Einkauf.

Vielleicht entging ihm deshalb, daß der andere Mann in der Tür stehen blieb und sich nach ihm umschaute.

Rosalind betrachtete das Bild. Dabei nickte sie immer wieder mit dem Kopf, bis sie ihren Schüler sein Gemälde zurückgab.

„Sehr gut, wirklich. Ich wollte, ich hätte diese Idee gehabt. Irgendwie abstrakt. Und dabei wirkt es vertraut. Das Bild spricht mich an. Ich wollte, es wäre von mir. Hat es einen Titel?"

„Nein." Er kratzte sich mit einer Hand im ungewaschenen Haar. „Ich bin der Meinung, das Bild soll für sich selbst sprechen."

„Das tut es. Erinnert an eine Rose und dann wieder doch nicht. Dabei beruhigt die grüne Farbe. Hatten Sie eine Vorlage?"

„Nicht im eigentlichen Sinn. Ihre rosa Säule hat mich auf die Idee gebracht, beziehungsweise die Kritik, die Sie mir dazu vorgelesen haben. Beim Malen habe ich mir die Vagina meiner Freundin vorgestellt."

„Eine Fotze? Die Idee ist gut. Wie gesagt, es tut mir leid, daß ich diese Idee nicht hatte." Rosalind ging zu ihrer Staffelei, auf der seit Tagen eine weiße Leinwand stand, die sich nicht zu füllen fähig war. „Technisch sind Sie schon seit einiger Zeit perfekt. Ich glaube, ich kann Ihnen nichts mehr beibringen."

„Glauben Sie wirklich?"

Rosalind nickte.

Der Man preßte seine Lippen fest aufeinander, bevor er die Unterlippe unter den Oberkiefer zog. Schließlich sagte er: „Tja, das war's dann also. Tut mir leid. Es hat Spaß gemacht. Kann ich trotzdem ab und an vorbeikommen und Ihnen meine Bilder zeigen?"

„Nein, auf keinen Fall. Tun Sie das nicht. Ich möchte Ihre Bilder nicht sehen. Einen Rat geben ich Ihnen noch auf den Weg: Zeigen Sie niemandem Entwürfe. Es gib zu viele Maler, die keine eigenen Ideen haben und deshalb bereits sind, die Ideen anderer zu verwenden. Haben Sie das verstanden?"

Verwirrt stammelte er: „J-ja."

„Dann verschwinden Sie."

Er wollte noch eine Abschiedsformel sprechen, entschied sich dann aber, nichts zu sagen.

Die Künstlerin blieb alleine zurück. Sie fühlte sich alleine. Einsam. Sehr einsam.

Und die weiße Leinwand grinste sie unverschämt an.

Jelzin drehte sich auf dem Beifahrersitz um. „Semet, Bahl, Sie bleiben hier. Ostermann kommt mit.“

Mit seinem Assistenten betrat der Inspektor die kleine Bäckerei, die kurz nach zehn keinen Kunden hatte.

„Was darf's sein?“ wollte die Frau in der weißen Kittelschürze wissen.

Jelzin machte eine Handbewegung, aufgrund der Ostermann vortrat und der Bäckereiangestellten eine Kopie der von Rosalind angefertigten Skizze zeigte.

„Kennen Sie diesen Mann?“ Die Frau schaute sich das Bild an, erkannte den ehemaligen Schulkameraden, musterte die beiden Männer mißtrauisch und schüttelte dann heftig den Kopf.

„Nein, den kenn' ich nicht.“ Dabei wirkte sie unsicher und bekam etwas Farbe in ihr ansonsten blasses Gesicht.

Jelzin trat vor.

„Wir sind von der Polizei.“ Er hielt ihr den Dienstausweis unter die Nase. „Rücken Sie schon raus mit der Sprache! Wer ist der Kerl?“

„Wenn... wenn ich es Ihnen doch sage: Ich weiß es nicht.“ Sie wußte nicht, warum die Polizei ihr ein Portrait Hermanns zeigte, aber einen Menschen, den sie seit der Schule kannte, würde sie nie verraten. Außerdem, was konnte er schon getan haben? Vielleicht war er mit Alkohol im Blut von einer Streife gestoppt worden und anstatt zu halten aufs Gaspedal getreten. Solche Dinge kannte man ja. Sie hätte viele Fälle aufzählen können, in denen ein Mensch wegen einer Bagatelle zum Verbrecher abgestempelt worden war.

„Okay. Ostermann, wir nehmen diese Frau mit.“

„Wie bitte?“ Sie konnte es nicht glauben.

„Beihilfe zum Mord.“

Ostermann, der seinen Chef nur zu gut kannte, ging um die Theke herum. Er berührte die völlig verstörte Frau am Ellenbogen.

„Mo... Mord?“ stammelte sie.

Jelzin verließ den Laden. Sein Assistent führte die Frau zur Tür.

„Aber... aber wer pa... paßt auf den Laden auf?“

„Das interessiert den Chef nicht. Wenn Sie sich an den Namen erinnern könnte, wäre es mir vielleicht möglich, ein gutes Wort bei meinem Chef einzulegen."

„Aber ich kann doch nicht..."

„Tut mir leid."

„Was wird mein Chef sagen?"

„Bestimmt das Gleiche, das meiner sagt, wenn wir nicht gleich draußen sind." Er packte sie fest am Arm und drängte die Frau vorwärts.

„Einen Moment. Ich... ich... Es ist ein Kunde von uns."

„Na also. Wissen Sie seinen Namen?"

„Hermann Weinstock. Wo er wohnt, weiß ich nicht. Irgendwo in der Nähe. Muß ich jetzt immer noch mitkommen?"

„Vorläufig nicht." Er ließ sie los.

„Danke."

Sein Chef wartete bereits am Wagen.

„Weinstock heißt der Kerl", meldete er.

Jelzin, der auf dem Beifahrersitz saß, aber die Beine aus dem Wagen hängen ließ, griff nach dem Funkgerät. Einige Minuten später war die Adresse Hermanns bekannt.

Das Haus war schnell gefunden. Die Haustür war geschlossen, aber ein älterer Mann, der das Haus kurz darauf verließ, ließ die vier Männer eintreten.

So leise es ging, begaben sie sich in den dritten Stock, wo sie an einer der beiden Wohnungstüren den Namen „Weinstock" fanden.

Durch eine den anderen längst bekannte Handbewegung, wies der Inspektor sie an, ihre Waffen zu zücken und in Deckung zu gehen.

Er setzt klingelte und versuchte arglos dreinzuschauen.

Es dauerte einige Momente, bis die Tür geöffnet wurde. Eine Frau, deren Körper in einem reiztötenden Hauskleid steckte, wollte wissen, was er wollte.

„Ist Ihr Mann da?"

„Ja, aber er ist im Moment nicht zu sprechen."

„Das macht nichts. Wir warten. Polizei." Er zog sie so heftig aus der Wohnung, daß sie fast das Gleichgewicht verloren hätte.

„Heh, was soll das?"

„Ostermann, schaffen Sie das Weib aus meinen Augen. Bahl, Semet, auf geht's."

Wie im Lehrbuch beschrieben, stürmten sie die Wohnung, sich immer gegenseitig Feuerschutz gebend.

Sie rissen eine Tür nach der anderen auf. Sofort stürmte einer ins

Zimmer, der zweite gab Feuerschutz, dann folgte der dritte dem ersten.

Ihre schußbereiten Waffen umklammerten sie mit beiden Händen, um zu verhindern, daß sie sie durch einen überraschenden Schlag oder eine fahrige Geste aus der Hand fiel.

Auf der Toilette fanden sie den Gesuchten - zeitungslesend.

„Mit dir stimmt doch was nicht. Seit Tagen läufst du mit einer Trauermine herum. Willst du nicht darüber reden?"

„Ich weiß das zu schätzen, Karla. Aber damit muß ich alleine fertig werden."

„Wenn du meinst. Dann versuch wenigstens dich zusammen zu nehmen. Du weißt, der Chef will nicht, daß wir unsere Launen an den Kunden auslassen."

„Natürlich."

Karla lehnte sich im Kassensessel zurück. Andrea kehrte hinter den Tresen zurück. Ihre Körpersprache war eindeutig: Trauer, Niedergeschlagenheit.

Karla hätte zu gern gewußt, was auf der Seele der Kollegin lastete, aber wenn die es vorzog zu schweigen, mußte das respektiert werden. Es gab Dinge im Leben, die man als gegeben hinnehmen mußte. Wenn jemand es vorzog seinen Kummer in sich hineinzufressen, war das eines dieser Dinge. Für einen mitfühlenden Menschen gab es nichts Schlimmeres, als einen anderen leiden zu sehen und genau zu wissen, die Hilfe, die man ihm geben könnte, würde nicht annehmen werden.

„Heh", rief Ajax aufgeregt, während er in den Raum stürmte, „habt ihr das gelesen?" Er wedelte mit einer Boulevardzeitung.

„Mußt du so einen Krach machen?"

„Ihr wißt es also nicht?"

„Was denn?"

„Warte, das muß ich vorlesen. Wo steht es denn? Ach, hier: ‚Die Malerin Rosa Linda wurde tot aufgefunden. Ihr Ende gleicht ihren Bilder: wild, ungestüm, interpretationsfähig. Die Polizei ließ verlauten, die Künstlerin sei durch Harakiri aus dem Leben geschieden. Dabei entstand ihr letztes Bild, für das bereits erste Gebote vorliegen."

„Na und?"

„‚Na und?' Weißt du nicht, wer das ist?"

„Für Kunst hab' ich mich noch nie interessiert. Irgend 'ne Malerin eben."

„Von wegen. Das ist Rosalind aus unserem Unglückskurs."

„Aus unserem..." Karla wurde bleich. Zuerst der Mord, dann die Vergewaltigung, jetzt Harakiri. Und alles in ihrem Kurs!

Sie rang nach Luft, hatte das Gefühl, den Boden unter den Füßen zu verlieren. Ajax sagte etwas, aber sie konnte es nicht verstehen. Ihre Hände versuchten die Seitenlehnen des Sessels zu umfassen, aber ihr Griff ging ins Leere.

Mühsam hob sie die schwergewordenen Hände vors Gesicht, versuchte etwas zu sagen und konnte sich selbst nicht mehr hören. Ajax wurde zu einem Wirrwarr aus verschiedenen Farben, die immer mehr an Form verloren.

Andrea eilte zu der Kollegin, die zuerst den männlichen Kollegen angestarrt, dann die Hände vor das Gesicht gerissen hatte und jetzt nur noch schrie. Laut und gellend.

Ajax starrte die schreiende Karla entgeistert an.

„Steh doch nicht wie angewurzelt da. Tu irgendwas."

„Was denn?"

„Na... irgendwas."

„Sprüche klopfen kann ich selbst." Widerwillig packte er Karla an den Schultern und schüttelte sie.

Nach einigen bangen Momenten verstummte das Geschrei. Karla sank in sich zusammen. Totenbleich saß sie in dem Sessel. Nur das leise Rasseln ihres Atems verriet, das sie noch lebte.

Andrea ging ans Telefon.

Ein Arzt mußte her. Schnell.

Es gibt Tage, die sollte man im Bett verbringen.

Für Ingrid gab es deren recht viele in letzter Zeit.

Sie war arbeitsunfähig geschrieben und würde es bleiben, bis ihr Arzt der Meinung war, daß ihre Belastbarkeit wieder groß genug war.

Noch zeigten sich die psychischen Schäden, die die Vergewaltigung hinterlassen konnte, nicht.

Der Dank dafür gebührte Tristan, der sie mit soviel Liebe überschüttete, daß sie unter normalen Umständen wahrscheinlich das Gefühl gehabt hätte, zu ersticken.

„Kann ich Ihnen bei irgend etwas helfen, Felicitas?" fragte sie zum wiederholten Mal Tristans Haushälterin.

„Vielen Dank, Frau Carsten. Aber ich komm' allein zurecht. Ruhen Sie sich doch aus."

„Seit Tagen tu' ich nichts anderes. Ich hab' kein Sitzfleisch mehr. Irgendwas muß ich tun."

„Lesen Sie. Oder schauen Sie fern."

„Ich langweile mich."

„Was haben Sie denn früher in Ihrem Urlaub gemacht?"

„Den Haushalt natürlich."

„Haben Sie keine Hobbys?"

„Mein Mann war mein Hobby. Deshalb hab' ich doch den Tanzkurs gemacht."

„Verzeihen Sie, Frau Carsten, aber... waren Sie glücklich?"

„Sehr."

„Ich versteh' das nicht. Man muß doch etwas für sich selbst machen. Irgend etwas."

„Ich habe meinen Mann glücklich gemacht. Und damit mich selbst."

Felicitas schüttelte den Kopf. Bevor sie noch etwas sagen konnte, klingelte es an der Tür.

„Entschuldigen Sie mich."

Sie drängte sich an Ingrid vorbei. Kaum hatte sie die Tür geöffnet, entwich ihr ein überraschtes „Oh!"

„Wo ist er, Felicitas? Sagen Sie mir nicht, er sei im Büro ist, dort war ich schon."

„Er ist nicht da, Frau Thiel."

„Dann werde ich warten."

„Das geht nicht."

„Natürlich geht das. Schließlich war er mein Mann."

Tristans geschiedene Frau ging an Felicitas vorbei. Spornstreichs steuerte sie auf das Wohnzimmer zu. Erst als sie Ingrid sah, hielt sie inne.

„Sieh an, wen haben wir denn da?" Ihr Gesicht war stark geschminkt, aber nicht unattraktiv. Sie hatte eine Figur, die die Männer veranlaßt, sich nach ihr umzudrehen, besonders wenn sie durch sorgsam aufeinander abgestimmte Kleidung noch unterstrichen wurde. Sie hatte getrunken. Ihren Bewegungen war es nicht anzumerken, auch ihre Sprache war fehlerfrei. Aber ihr Atem verriet ihre Vorliebe für Whiskey. Jetzt verstand Ingrid warum die Flasche ins Tristans Wohnzimmer angebrochen gewesen war.

Ingrid konnte sich die ungeheure Anziehungskraft dieser Frau auf Tristan durchaus vorstellen. Lange, gut gewachsene Beine, schlanke Hüften und Brüste, der in seinem Volumen wohl dem Wunschbild vieler Männer entsprach. Obwohl Ingrid wußte, wie unpraktisch und unangenehm große Brüste waren, entdeckte sie doch eine Spur von Neid in sich. Äußerlich war Frau Thiel alles, was Ingrid insgeheim gerne gewesen wäre.

„Mein Name ist Carsten."

„So so. Sie sind wohl die Neue von meinem Ex? Sind Sie nicht viel zu alt für ihn?" Sie musterte Ingrid kritisch. „Na, er war schon immer vielseitig."

„Verzeihen Sie, Frau Thiel, aber ich glaube nicht, daß Herr Thiel will, daß Sie sich hier aufhalten."

„Was Sie glauben, ist mir völlig egal, Felicitas. Ich warte auf meinen Mann. Wir brauchen Geld. Wenn man ein Kind in die Welt setzt, muß man sich auch darum kümmern."

Während Ingrid zu allem schwieg, stellte sie erstaunt fest, wie wenig sie von Tristan wußte. Er hatte ein Kind!

„Vielleicht sollte ich seiner neuen Gespielin die Augen öffnen. Wissen Sie eigentlich, mit was für einem Mann Sie sich eingelassen haben?" Sie lachte. „Offensichtlich nicht. Und Sie, Felicitas? Ihnen hat er auch nie erzählt, warum ich nach siebzehn Jahren die Scheidung wolle? Kein Wunder." Sie hob drohend den Finger. „Ich werde

es Ihnen sagen. Sie... können Sie einen Mann lieben, der seine eigene Tochter geschändet hat?“

Fassungslos schnappte Ingrid nach Luft.